ハヤカワ文庫 SF
〈SF2473〉

宇宙英雄ローダン・シリーズ〈732〉

フェニックスの亡霊

エルンスト・ヴルチェク＆クルト・マール
長谷川早苗訳

早川書房
9144

PERRY RHODAN
GEBURT EINES CANTARO
DAS PHANTOM VON PHÖNIX
by
Ernst Vlcek
Kurt Mahr

Translated by
Sanae Hasegawa

First published 2025 in Japan by
HAYAKAWA PUBLISHING, INC.
This book is published in Japan by
arrangement with
HEINRICH BAUER VERLAG KG, HAMBURG, GERMANY
through JAPAN UNI AGENCY, INC., TOKYO.

目次

フェニックスの亡霊

あるカンタロの誕生

エルンスト・ヴルチェク

登場人物

ペリー・ローダン……………銀河系船団最高指揮官
グッキー…………………………ネズミ＝ビーバー
ハロルド・ナイマン……………《カシオペア》格納庫チーフ
ガリバー・スモッグ……………同乗員。異生物学者。砲手
ティリィ・チュンズ……………同乗員。ブルー族
ナジャ・ヘマタ…………………同乗員。通信士
デグルウム
ガヴヴァル
シルバアト
（以上3名）……………………アノリー
イッタラー………………………カンタロ。最年長の優秀な将軍候補生
ショウダー………………………同。イッタラーのライヴァル
アイシュポン……………………ナック。最高位教育管理官

1

カンタロのロボット船が着陸してすぐ、密航者九名はロボット五体と各種用品をたずさえて船を降り、惑星サンプソンの原野にもぐりこんでいた。

すべては計画どおりに進んだ。航行に問題はなく、着陸後も見つからずにすんだ。その後もとくに困難はなかった。ただしすでに二度、拠点を変えなければならなかったが。

一度めはカンタロのロボット・パトロール隊に追いたてられ、二度めは行きついた水源つきの池が森の動物の水場だった。そこは動物たちの場所だから追いはらうのはだめだと、グッキーがいいはった。

「ここを宿営地にしよう」三度めの場所でペリー・ローダンが告げた。「それとも、異論のある者はいるか？」

こんどは異論はあがらず、ロボット三体が地下基地を作るために地面を掘りはじめた。

掘りだした土砂《どしゃ》は分解されて消される。のこりの二体は一帯の計測を開始した。探知される危険はなかった。カンタロの施設とは充分な距離があったからだ。

ここは、宇宙港から北に向かった木のしげる丘で、主要施設とは反対側にある。ロボットたちは計九棟の建造物を探知した。クローン工場の特徴的な形をしている。うち八棟は千平方キロメートルの敷地にかなり広がって散らばり、各棟のまわりをバラックのような多数のちいさな家が囲んでいた。おそらくクローンの宿舎だろう。

九棟めのクローン工場はほかよりもずっとちいさく、宇宙港のある盆地に位置し、宇宙港に隣接して南へのびていた。このクローン工場のそばには四軒しか建物がなく、それらはいくらか手のかかった造りで目立っている。

アノリーの三名、ガヴヴァル、デグルウム、シルバアトは、木のすくない場所へ向かい、そこから宇宙港の明かりを見おろした。いまのところ打ちあわせることはないため、ローダンはアノリーをそのままにしておいた。

グッキーは明らかに退屈しているようで、必要もないのにロボットに指示を出している。

ハロルド・ナイマン、ナジャ・ヘマタ、巨体のガリバー・スモッグは、転送機の部品を仕分けた。ティリィ・チュンズはそれに加わらず、うしろから三人の行動を眺めている。

「月は満ちて天にのぼり……」そう口にしたブルー族は、まるでなにをいうか忘れたみたいに黙りこんだ。ローダンは探るような視線を投げたが、ほかはだれも注意を向けなかった。

チュンズは胸に息を吸いこんで再挑戦したものの、やはり最後までいかなかった。

「そして月は満ち天にのぼった……」

「そのへんにしときなよ！」グッキーが声をかけた。「きょうは調子がよくないんだよ」

だれかが関心を示してくれるのを待っていたかのように、ブルー族はネズミ＝ビーバーのもとへ駆けよった。

「サンプソンの詩の導入部分、どちらのほうが気に入った、グッキー？」

「きょうは調子がよくないっていっただろ」ネズミ＝ビーバーは答えた。「サンプソンに衛星がないこと、まだ気づいてないのかい？」

2

その日は、ショウダーの誕生から六百日めだった。およそ二十ヵ月。

これで成体のカンタロになる。将軍候補生に。将軍への昇格は目前だ。昇格という表現は正しくないかもしれない……むしろ就任だ。

もうショウダーに禁止されていることはあまりないが、禁止事項のいくつかはその立場ゆえに定められていた。なぜなら将軍候補生は、ふつうのカンタロのような自己抑制のないふるまいをすることはできないからだ。将軍候補生には絶対的な規律がかせられている。クローンにはあらゆる望ましい能力や性質が作りつけられていると思われがちだが、クローンにもいろいろな者がいる。

イッタラーの例が示すように、特別育種のなかでさえ、欠陥品を完全に排除することはできない。

将軍候補生として、ショウダーは特別だった。すみやかに出世し、名声と栄光を存分に得る未来が見えている。権力ピラミッドの上層によじのぼる野心もあった。

ショウダーはその上層である戦略参謀官になりたかった。

自分のこれからを考えると、イッタラーに目をつけたのはちょうどよかった。ただし、選ばれた犠牲者が自分と親しくしようとしてきたことは気に入らなかったが。対抗相手と仲よくしようとするこの性質だけでも、イッタラーが欠陥品だとわかる。

外見的にはイッタラーはショウダーとそう変わらない。見わけるための個体の特徴があるくらいだ。有機体とシントロニクスの内部……さまざまなモジュールと半有機の移植組織でできている内部についても、個体差はあえて作られている。だが、将軍候補生ごとに異なってはいけない最上位の決まりがあった。種族への忠誠と集団意識だ。まさにこの重要な点、つまり精神態度と基本設定において、イッタラーは規範からはずれていた。ショウダーにはその確信があった。

イッタラーのおかしな挙動は、何週間も前からはじまっていた。あの奇妙な通信がサンプソンにはじめて届いたときから……あるいはその事実が公表されてから。

正確には、ショウダーの誕生五百二十日めのことだ。

*

恒星ニズダは、ウエストサイド方向で、銀河中枢部から約一万二千光年離れた位置にあった。ソルタイプとされ、スペクトル型はＧ２Ｖ、惑星が八つある。

三つめの惑星がサンプソンで、恒星のまわりを一億四千万キロメートル弱という中程度の距離をあけてまわっている。

ショウダーは、メートルのような計量単位をほかのカンタロと同じく使っていたが、この手のテラ化に嫌悪をいだいていた。

惑星サンプソンは、表面の六十五パーセントが水で、陸地は六つの大陸にわかれている。もっとも大きい大陸は、テラからの入植者が千五百年以上前につけたエリューセラという名でいまも呼ばれていた。

太陽系帝国のコロニーだったこの惑星には、三〇〇〇年まで、つまり現在の暦がはじまる六百年ほど前までは居住者がいたとされる。しかし、その後、いまとなっては不明の理由で放置された。これ以上の歴史はわからない。

サンプソンは現在、ショウダーたち種族の繁殖惑星だった。だが、ここで増殖されるのは一般カンタロだけではない。特別クローン工場で、より高度な任務に向けたカンタロも生育される。それが将軍候補生だ。カンタロ軍隊の将軍となり、のちには戦略参謀官にもなる可能性がある。

戦略参謀官は、いちカンタロが到達しうる最高の地位であり……ショウダーの大きな目標だった。

クローン工場は、かつてのテラナー居住地と同じく、エリューセラに建てられていた。

大陸の中央で、南緯十二度。そのため気候は熱帯性。培養施設は計九棟あり、うち八棟が一般クローン用、そして将軍候補生のみを培養する工場が一棟あった。各工場は、その他の施設とともに、千平方キロメートルほどの敷地に分散して置かれていた。それに対して宇宙港は四平方キロメートルの面積で、控えめな印象をあたえる。とはいえ、充分な広さだった。船の離着陸が活発だったとしても。

ロボット船はカンタロの卵子と精子を、銀河系のさまざまな生殖バンクからサンプソンへ運んだ。それがクローン工場に分配される。ロボット船は荷を積まずにふたたび飛びたつ。完成したクローンをサンプソンから銀河系の指定地へ輸送するには、より大きな宇宙船を使うからだ。たいていは、二百五十メートルあるアクタイオンタイプの船で、乗員輸送用に作られていた。

将軍候補生は教育を完了した時点で将軍になり、その将軍を迎えるときだけ、カンタロ艦が使われる。まさに権力と強さのシンボルで、世間では〝こぶ型艦〟と呼ばれていた。教育を終えた将軍は、たいていすぐにみずからの艦の指揮をとることにもなる。

一般クローン工場で働くのは、おもにロボットだった。据え置き型も、移動型もいる。決まったプログラム・パターンにしたがって動いており、このプログラムはときおり修正するだけですむ。ロボットの仕事は、培養器から出したカンタロを世話することだ。さまざまなモジュールを植えこみ、遺伝子材料に細工し、成長していくカンタロを育てる。遅くとも二十カ月後にはクローンは成熟し、世界へ出ていくことができた。

将軍候補生用のクローン工場でもプロセスは基本的に同じだった。ただし、ここのロボットにはアシスタント機能しかない。特別なカンタロを作るのだから、最高級のカンタロ遺伝子学者たちが育成にあたった。

カンタロのエリートのクローン作製を任せられるのが同族のエリートだけであることは、そもそも当然といえる。

将軍候補生の工場は閉じたエリアにあり、木のしげる丘に囲まれた盆地のなかで、宇宙港のすぐ南にあった。一般クローン工場よりもちいさい。この隔絶した区画には、ほかに、カンタロの教育管理官が居住する建物が二軒、候補生の宿舎が一軒、教育施設が三軒、そしてナックのアイシュポン専用の住居があった。ナックが最高位教育管理官の役職につくというのは、ふつうはないことだ。しかし、アイシュポンは特別な地位を享受していた。サンプソンでほぼ制限のない権力をにぎっていた。

十一月には雨期がはじまり、三カ月つづく。つまり、一日の後半になるとはげしい雷雨が起こり、それが三時間つづくことになる。

十二月なかば、雨期はピークを迎えていた。けれど、雨期の終わりをショウダーが体験することはないだろう。そのころには教育を終えて将軍となり、カンタロの上層部にいるのだから。あと三週間もすれば、ショウダーは自分の艦をあたえられ、サンプソンを永遠に離れる。

しかし、まずはイッタラーをしとめておきたい。それで将軍としての能力を証明するのだ。

*

ショウダーは銀河暦にしたがう必要を理解できなかった。銀河系でもっとも強力な種族であるカンタロが、なぜみずからの暦をもっていないのか？　ショウダーには解せなかった。惑星地球の自転に合わせて日を数え、公転に合わせて年を数えるとは……サンプソンの実態に合わせることなく。

アイシュポンでさえ、この問いに満足のいく答えを返してくれなかった。だがすくなくとも、最高位教育管理官の答えには、やはり暦法を奇異に思っていることがほのめかされていた。

いずれにせよ、カンタロがテラ暦を借用している以上、ショウダーの誕生五百二十日めは九月二十七日と表記される。そしてまさにこの日が、サンプソンに届いたばかげた通信をはじめて聞いた日だった。

六名いるカンタロの教育管理官のひとり、グールマーが、戦略理論の授業をしているときだった。ショウダーとイッタラー以外の候補生は、当然のように授業にほぼついていけなかった。あとの六名はずっと若く、まだ教育がぜんぜん進んでいなかったからだ。

しかし、グールマーは、じきに政治プロパガンダの話に移り、ひとつの具体例をもちだした。

「このばかげたメッセージを聞きたまえ」教育管理官は前置きなく告げた。「あとで全員からそれぞれの見解を聞かせてもらう。ただし、詳細な文書や、しっかりとした分析の形でだ。だがまずはヒアリング資料を」

グールマーは音声を流し、候補生たちはしばらくがまんして聞くしかなかった。それは、きわめて不快なタイプのアジ演説で、最下層の本能にうったえる原始的な呼びかけだった。

最初はショウダーにも、メッセージの内容はたんに〝ばかげた〟ものと思えた。支離滅裂だったり明らかに事実でなかったりする部分が多かったのだ。しかし、メッセージが進んで意図がはっきりしてくると、内容はきわめて邪教的なものに思えてきた。

メッセージは、種族カンタロへの呼びかけだった。このおおざっぱな扱いだけでも、〝平和スピーカー〟を名乗る送信者が、カンタロ内の多層な社会構造やヒエラルキーを知らないことを示している。サンプソンにいる候補生とシュウンガーにいる候補生はまったく違うのだ。その格差は、〝完成した〟カンタロのあいだ、たとえばスティフターマンⅢにいる兵士とアンゲルマドンにいる入植者のあいだにある差のほうがもっと大きかった。

こうした区別をせずに、〝カンタロと呼ばれるきみたち〟とひとからげに呼びかけているのだ。まるでパターンにしたがって製造されたドロイドであるように。この点は大目に見ることもできるだろうが、銀河系でのカンタロの活動を、恥ずべき非道な行為、侵害行為とされたところで、許容の限界を超えた。混乱と動揺を引きおこそうとする話者の意図がはっきりあらわれていた。

最初、平和スピーカーは単独の警告者かと思われたが、メッセージが進むうちに、その名称の裏にはグループか集団がいることが判明した。

罪を訴えたあとには、振りかえって考えるようにうながす言葉がつづいた。

〝忘れないでくれ！　きみたちの起源を〟そう述べた平和スピーカーは、求められる答えをすぐさま差しだした。〝きみたちの祖先はわれわれ種族の分派で、アノリー族の一部だった。そのことを忘れたのか？〟

実際は、アノリーを名乗る種族と同系統だった記憶など、カンタロにはない。事実はまったく異なる様相を呈《てい》しているのだが、これにも平和スピーカーはありえそうな答えを用意していた。

〝みずからを守りきれずに脳を強制的に操作され、忘れるしかなかったのか？〟

メッセージによると、アノリーの分派だったカンタロはかつて〝カンタルイ〟と呼ばれたという。〝はぐれ者〟、〝さまよう者〟といった意味だ。

引きかえすのに遅すぎることはないと、平和スピーカーとして行動する者たちは告げた。カンタロに手を差しのべ、〝血に飢えた支配欲の強い怪物〟となったかれらを〝破滅の渦〟から救おうと申しでた。

メッセージはこうした複数の点で誤っており、滑稽《こっけい》とけなしてすませてもよさそうなものだった。もし裏にうかがえる意図がこれほど真剣でなければ。

ショウダーたち候補生は、銀河系のなかに、ちいさくとも目ざわりな抵抗グループがいることを知っていた。たいした勢力ではないが、害虫と同じでなかなか一掃もできない。このどうしようもない連中は〝ヴィッダー〟と名乗り、まるで自己破壊の妄想にとりつかれたように、新時代のあらゆる変化にあらがい、現代の倫理に抵抗し、進歩というものに対して戦った。だがこれまで、ヴィッダーはちょっとした小競《こぜ》りあいに勝つことで満足していた。かれらのデマゴギーやプロパガンダはカンタロを攻撃していたが、メッセージの向く先はつねにギャラクティカーだった。

いまはじめて、カンタロそのものにプロパガンダをしかけようとする事態が起きたのだ。なんと図々しい。ショウダーにはこれ以上の表現が浮かばなかった。

そのうえ、カンタロのことを操作された者とまでいっている。確固たる意志のない者……みずから確信をもっておそろしい運命から民々を守るのでなく、どこかのうろんな権力者の命令にしたがってギャラクティカーを抑圧する者とまで。

「この部分は身に覚えがあるかもしれません」と、茶々を入れたショウダーは、グールマーに叱責された。

〝カンタロの民〟に向けた平和スピーカーの訴えはクライマックスに達し、みずからのシステムに立ちむかえと求めた。〝自分の意志を見きわめ、自分の頭で考える〟ように、〝きみたちを支配する者、きみたちを中毒者や裏切り者、あるいはひょっとして殺人者にしようとする者〟に立ちむかうように求めた。

アノリーに銀河系を支配するうろんな権力者の詳細はわかっていなくとも、すくなくともその存在に名前があった……〝モノス〟！

銀河系をあやつる最上級司令本部をあらわすことばとしては、本当に愚にもつかない名前だ。将軍候補生のショウダーがすべての機密に通じていないとしても、最上級司令本部がたった一名の単独のものでないことはたしかだろう。アノリーだか、架空の名前に身を隠している者だかは、こんなことも適当にしている。

〝きみたちとわれわれ、そしてこの銀河系のすべての誠実な種族を、禍に満ちたモノスの権力から解放せよ！　そうすればきみたちの名誉は回復されるだろう。

そして考えてくれ！　この戦いにおいて、きみたちはひとりではない。きみたちがこれまで敵対してきたものたちはみな、そしてアノリーも、きみたちの味方だ〟

それが、裏切りを呼びかけ、名誉回復と思わせる厚かましいおこないのクライマックスだった。そして同時に、銀河系を揺るがそうとするテロリスト、ヴィッダーのあまりにも浅はかな試みでもあった。

グールマーが音声をオフにした。

「このメッセージには画像もついているが、それは別の機会にしよう」教育管理官は生放送をとめてから告げた……平和スピーカーのメッセージはつねにくりかえし流されているのだ。「今回は、聞いた内容で充分だろう。録音はいつでも利用できる。各自、これを好きなように分析してけっこうだ。だが、やりすぎるな。そんな価値はない。きみたちに求められているのは、この妙なメッセージに対する各自の態度表明を書くか、自由に口頭で発表することだけだ」

ショウダーはすぐさま発言した。

「こちらをあやつろうとする侮辱的な行為について意見を述べるのに、長く考える必要はありません」

しかし、グールマーはショウダーの意見を聞こうとしなかった。

「将軍候補生に求められるのは、問題提起に対して衝動的に発言することではない」たしなめるようにいう。「この呼びかけの内容がどれほど露骨でくだらなく思えても、まじめに考え、くわしく分析するように。それを終えてはじめて、意見を述べることが許される」

解散する前に、管理官はさらに伝えた。

「この煽動《せんどう》作戦がわれわれ種族の一名でも揺るがしうるものなのか、それについても考えたほうがいいな。あらゆる可否を考え、自己分析をへてから自身の態度を客観的に判断するようにしろ」

こうして、その日の教習が終わった。

ただの一名でも、カンタロがこんな世迷いごとに引っかかるなど、そのときのショウダーにはまだ想像できなかった。ずっとありえないと思っていた、イッタラーが別の可能性を見せるまでは。

3

ロボットたちが地下施設を完成させたあとは、内部がととのえられた。

この任務は、《カシオペア》の三人、ハロルド・ナイマン、ナジャ・ヘマタ、ガリバー・スモッグが担当した。ティリィ・チュンズもチームの一員なのだが、作業に加わらなかった。ブルー族のほうけたようすからすると、『サンプソンの詩』にとりくんでいるらしい。

転送機を設置する部屋の円天井が低すぎると、ガリバー・スモッグがぼやいている。とはいえ、一・九五メートルあるかれでも、頭上に一メートルは余裕があった。機転のきく通信士のナジャが、頭をぶつけずになわとびだってできると指摘すると、ガリバーはただ、天井が落ちてきそうな気がずっとするんだと答えた。

ペリー・ローダンはいらだちがあらわれはじめたことを真剣に受けとめ、作業ロボットに依頼して、転送機ホールの床を一メートル深く掘ることにした。その体格から〝エルトルス人〟とあだ名されるガリバーは、気恥ずかしそうに断ったが、ローダンは決断を変えなかった。

アノリーの三名は、八つのうちいちばん奥の部屋を共同で使うことになった。そのさい、デグルウムとシルバアトがそれぞれさりげなく、ちょっとした礼儀を装う形でガヴァルのご機嫌をうかがい、たがいを出しぬこうとするようすが見られた。女アノリーはふたりの親切を明らかに享受していた。

ナジャ・ヘマタは個室をもらい、ローダンはハロルド・ナイマンとガリバー・スモッグと同室。ひと部屋は通信ステーションとして、もうひと部屋は倉庫として設営された。転送機ホールのとなりには、みんなが集まってすごせる部屋があり、ほかと同じでごく質素にととのえられていた。

のこるひと部屋は、グッキーが抵抗したものの、ティリィ・チュンズと共有することになった。

「ブルー族に対してなにかあるの？」ナジャが訊いた。「臭くないし、スペースもとらない。ティリィが詩歌をうたうときは聞かなければいい。異種族に悪感情はないでしょ、ちびさん？」

「ぼくにはないよ、あるのはきみたち。これってアパルトヘイトってやつだよね。アノリーにはアノリーを、テラナーにはテラナーを……そしてエイリアンにはエイリアンを」

またもやみんなの笑いをとって、グッキーの態度はやわらいだ。

だいたいの作業が終わったあと、ロボット五体はすべて、探知と通信監視の任務にあてられた。これはナジャが通信ステーションをしあげるまでの応急処置にすぎない。ナジャの作業ははじまったばかりで、ハロルド・ナイマンとガリバー・スモッグは転送機の設置にとりくんでいた。

ペリー・ローダンの希望としては、翌日には作業が完了していてほしかった。

「将軍候補生のイッタラーには、いつコンタクトをとるのですか？」デグルウムがローダンにたずねた。

「あわてて行動するつもりはない。まずは全体の状況をつかむ必要がある」

「ぼかあ、すぐにはじめるほうに賛成するよ」グッキーが会話に割りこんだ。「で、有能なテレポーターを偵察に送る」

ローダンがにやりと笑って了解した瞬間、グッキーは非実体化した。

ティリィ・チュンズは依然として転送機の設置を手伝おうとしなかった。ただ傍観しながら、ときおりこんな文を口にした。

「もしあなたを、おおサンプソン、見ると、その豊かに満ちた口……ふむふむふむ……ああ……」

「なんでそこでこっちを見るんだ、ティリィ？」ハロルド・ナイマンが低い声を出した。

説明しようとブルー族は口を開いたが、その先に進めなかった。グッキーが実体化して、注目をさらったからだ。

ネズミ＝ビーバーは二時間出かけていた。二十回以上ジャンプして、くたくただという。もちかえった多くの情報は、ロボットたちの探知結果に重要な詳細を加えたり、修正をあたえたりするものだった。

グッキーは、興味を引かれるのは、宇宙港のはしのクローン工場だけであることを探りだしていた。そこでは、イッタラーのような将軍候補生が培養されている。隣接の建物は、教育施設、候補生や管理官の宿舎。管理官は十名もいないようだ。そのなかに、すくなくとも一名のナックもいて、専用の住居をもっている。機械式の腹足で広場のうえをただよい動くナックの姿を、グッキーは見ていた。

「イッタラーを見つけた？」ガヴヴァルが期待をこめて訊いた。「コンタクトをとろうとした？」

「それはしてないよ」グッキーは認めてから、慎重を期すためにコンタクトは試みなかったと弁明した。そして、ペリー・ローダンを横目で見ながら訊いた。「ちょっと慎重すぎたかな？」

「そんなことはない」とローダン。「われわれ、時間には追われていない。狙いをしぼって行動しつつ、《クイーン・リバティ》の到着を待つほうがいい。それまであとたったの五日だ」

ローダンはホーマー・G・アダムスと具体的な日時を打ちあわせてあった。ヴィッダーの旗艦がサンプソンにすばやく接近通過する日時だ。そのさい、コード化した短い報告を送る。報告の内容は、増援は得られたか、安全を確保できるかで変わってくる。

一日めはとくにそれ以上の出来ごともなく終わった。

4

イッタラーはおそらく、封鎖された区域を出て、サンプソンの自然を調べる唯一の将軍候補生だった。知識を広げるため、すすんで労をとった。

将軍になる者がほかの学問分野にも精通するのは損にならないと、イッタラーは教育管理官に論を立てて訴えていた。将軍がすべきことは、宇宙艦隊の配置や、トラブル発生地域への地上部隊の投入だけではない。ときには、星系全体とその住民に対して責任を負うこともある。その場合、惑星住民の運命に対する責任者となる。考え方のちがう異種知性体の精神を洞察する能力は、決断の大きな助けとなるはずだ。

教育管理官のジンガアルはその訴えに理解を示さなかった。最上級司令本部の命令を実行するのに将軍が心理学者である必要はないと、ただ笑って告げた。

「相手がどんな外見や考え方をしているかに関係なく、標準的な状態というものがだいたいあるのだ」ジンガアルは決まりきった説明をした。「そうした状態には、それぞれ一定の対処法というものも存在する。やるべき課題を勉強しろ、イッタラー。そうすれば正しい知識はあたえられている。自分の道を求める将軍はどれも不出来な将軍だ」

グールマーのほうがずっと知識欲に理解があると気づいてからは、そちらだけに相談するようになった。実際、グールマーからはこれまで毎回、通行許可証をもらえていた。

イッタラーは野外への外出をおもに動物界の観察に使った。ちいさな虫がもっと強い爬虫類からどうやって身を守るのか見たかった。犠牲者にじわじわと忍びよる蛇の戦略を知りたかった。

観察した結果、ジャングルの王である大型肉食獣は、やみくもに獲物を襲う血に飢えたけだものなどではなかった。自然は、弱者に速い足を授けたり、強者の存在を即座に警告するするどい嗅覚をあたえたりすることで、大型獣の見かけの強さを相殺《そうさい》していた。そのため、ジャングルの王であっても、獲物を得るためにはあれこれ策をめぐらせなければいけない。力だけでは優位を主張することはできそうもなかった。なにもしないで獲物が口に入ることなどないのだ。

ショウダーとの戦略ゲームではじめて大勝利をおさめられたのは、動物界を観察して得た知識のおかげだと、イッタラーは確信していた。

宇宙戦のシミュレーションでのことだ。イッタラーにあたった〝敵〟の役は、つねに弱いほうの役だった。〝敵〟とはテロ集団ヴィッダーのことだが、理論の授業でその名は出さない。イッタラーの古びた球型船三隻に対して、ショウダーにはカンタロの完全戦闘艦が七隻あった。戦力が上であるほかに、相手の目標座標がわかる点でもショウダーのほうが有利だった。

当然、ショウダーは、相手がこれほど不利なら勝負はかんたんだと考えた。それゆえ、たいして戦術を練らず、相手が目標座標に達したところへ全力で襲いかかった。

この状況のなか、イッタラーはジャングルの動物に見られる〝擬死《ぎし》〟という戦略を思いだした。そして、いまの状況にそれをどう転用できるか思案した。

その後の展開はこうだ。

イッタラーはあえて、ほぼ無防備な自分の船を全力で襲わせ、ある程度は反撃してみせた。だが、正確に計算したタイミングで反撃をやめ、自船の防御バリアを崩壊させる。勝利を確信したショウダーは、なんの予防措置もとらないまま、敵船に乗りこむ作戦に移る。イッタラーはずっと死んだふりをつづけ、ついにもっとも損害をあたえられる位置にショウダーがきたことを知る。そして、反撃に出る。破壊不可能とされる戦闘艦のうち、三隻の撃破に成功し、ショウダーが抵抗をやめる。

しかし、撃退はイッタラーの勝利にあまり関係なかった。なぜなら、ショウダーの任務は、敵船を操縦不能にし、乗員を最低一名は捕まえることだったからだ。自艦の損失はショウダーにとって考慮の対象でなかった。一名の敵も捕獲できなかったことで、かれは敗北したのだ。

けれど、ショウダーが本物の将軍のように敗北を受けとめたことを、イッタラーは認めざるをえなかった。それを示すようにみずからを起訴し、最上級司令本部の法廷に立っていた。

それから十回以上はこうしたシミュレーションを経験し、ふたりはほぼ互角だった。イッタラーのほうがやや有利だったが、ショウダーは失敗から学んでいた。もちろん、動物の本能行動の観察がショウダーにも役だっているとは考えなかっただろうが。

将軍はシミュレーションだけでは教育できないため、最年長の候補生であるふたりには、実地投入もカリキュラムにふくまれていた。実際の現場では、ショウダーのほうが点を稼いだ。

候補生同士の競争が奨励されているような印象はあった。そして、事実そうだとわかった。成果をあげればあげるほど、カンタロの〝シナウイ〟は長く動く……そんなふうに、最高位教育管理官であるナックのアイシュポンがいったことがある。

そう、スポーツのような競争にとどまらず、サンプソンの養成施設の候補生はたがいに向かっていくよう意図的にけしかけられてさえいた。

はじめてゲットー惑星シルクラに投入されたときのことをイッタラーは覚えている。教習船を自分で操縦してそこまで飛んだあと、首都のスラム街におろされ、敵の工作員を捕らえるよう指示された。その男は〝ラドゥオース〟という偽名で活動している……

銀河系のどの言語でも意味をなさない名だ。この点をまず調べたのは、イッタラーが名前の意味を重視するからだった。

考えうる手をすべて使ってゲットー住民に圧をかけても、工作員の最初のシュプールを見つけるまで数日かかった。さらに数日かけて、ついに相手に迫った。まるで影と戦っているようで、イッタラーは負けを意識した。相手はすべての点で一枚上手だったのだ。しかし、最悪の事態になる前に、仲裁が介入した……それは教育管理官のエムネンサで、そして相手の正体があばかれた。

イッタラーが追っていたのは、なんとショウダーだった。向こうは向こうで、ララッティという工作員を追うよう指示されていた。

このときの任務では助けにならなかったが、その後もイッタラーは名前にはかならずそれなりの意味があると考えた。まさか教育管理官が子供じみた手を使い、イッタラー《yttalar》とショウダー《shoudar》の名前をさかさまに読み、たがいを追わせたなんて気づけるはずがなかった。

これはふたりにとっておおいに勉強になった。ヴィッダーの工作員ならもっと安易な偽名をつけるとエムネンサに断言されたことで、なおさら勉強になった。

いずれにしろ名前に関心があったイッタラーは、自分に不明な言葉〝シナウイ〟を調べつづけた……なにかわかるまでずっと。だが、それがカンタロのどの器官を指すのか、依然としてわからなかった。

かれのつきない知識欲は、こうしてあらたな探究源を見つけた。

＊

イッタラーは多くの時間を自己実験についやしていた。そんな実験は将軍候補生の教育には必要ないものとされ、奨励されていなかったが、成績に影響が出なければ、すくなくともやめろとはいわれなかった。

実験は自分に〝シナウイ〟があるか調べるためだった。この言葉を耳にしたのは、グールマーとアイシュポンの会話からだ。アイシュポンはそのとき、グールマーやほかのカンタロをひとまとめにして軽蔑するような口調でその言葉を使った。だからこそイッタラーも、アイシュポンが口にした言葉を正確に覚えていた。

「きみたちの寿命には制限がある」アイシュポンは嘲笑した。「〝シナウイ〟がきみたちのなかで寿命時計のように時を刻んでいる。もしそれがとまれば、死の花火につつまれて死ぬ。対してわれわれナックには、寿命に制限をかける〝シナウイ〟はない。これだけをとっても、われわれナックのほうがきみたちカンタロよりも最上級司令本部に近い位置にいることが充分わかる」

イッタラーはそれまで聞いたことのない単語の説明を探しもとめ、長い時間をかけてやっと見つけた。

〝シナウイ〟とはナックの俗語をもとにした造語らしく、そもそもはカンタロ語に由来するという。おおよその意味は〝命を制限するもの〟、あるいは狙ってもたらされた強引な死そのものも意味する。アイシュポンは候補生の授業中にも、ときおりこの語を使った。けれどイッタラーには、意味が理解できるのは自分だけだとわかっていた。

ほかの候補生たちは、最高位教育管理官が伝えることをすべて理解しようともしなかった。将軍になったときに必要になりそうな知識を身につけることに集中しきっていた。

イッタラーはちがった。このあと自分でも気づくように、ほかの候補生たちとはまったくちがっていた。成功した将軍になろうと同じく努力はしているが、将来の将軍の視野を超えたところにある事物にも興味をもった。

それどころか、ナックの考え方を理解して学ぼうとさえした。アイシュポンはこの意味ではかれの研究対象だった。しかし、なかなかむずかしかった。アイシュポンとイッタラーのあいだには、かけ離れた考え方という次元の壁だけでなく、身分の差もあった。

一度、最高位教育管理官しかいないときに不吉な〝シナウイ〟について話そうとしたら、おどすような合成音声で答えが返ってきた。

「最上級司令本部はできそこないの将軍候補生に手短かな裁判をおこなう」

本気の警告ととらえたイッタラーは、二度とそちらに踏みこまなかった。

とはいえ、知識欲そのものをおさえこんだわけではない。

自分に〝シナウィ〟が植えこまれているか、自己実験で調べるのは、どうしてもやるべきことだった。アイシュポンがいったのは、カンタロによって個数のちがうモジュールのうち、たったひとつのモジュールのはずだ……それがなければ生きていられないモジュール。だが、アイシュポンの語り口からすると、この〝シナウィ〟モジュールはなんらかの形で生命を維持するものではなく、死をもたらすもののようだ。

どれほど熱心に自己実験をくりかえしても、〝シナウィ〟らしきモジュールは体内に見つからなかった。代わりに、身体的にほかの候補生と異なる興味深い点をいくつか見つけた。おそらく心身の相互作用にかかわる部分で、手を出すべきでないものに手を出してしまう心理は、ここからきているのだろう。

このことを知るのは、イッタラー自身だけだった。周囲には気づかせずにいた。候補生たちから中傷されることなどはどうでもよく、自分が他者の欠点をあばくことを重視していた。

その後、平和スピーカーのメッセージを聞いたとき、イッタラーがたちまち引きつけられたのはなんの不思議もなかった。アノリーの言葉に耳を傾ける内面の土壌が整っていた。これまで答えの見つからなかった多くの疑問に、メッセージは答えをあたえてくれた。

けれどそれは、教わってきた世界観を完全にひっくりかえす答えだった。

＊

イッタラーが野外へ行くのは、動物界を観察して学ぶためだけではなかった。本当はその段階をすぎていて、まだジャングルに入るのは、じゃまされずにさまざまなことを考えるためだった。

誕生四百日めをすぎたころ、一般カンタロが量産されているクローン工場を見にいくようになった。遺伝子をプログラミングされ、特定パターンをけっしてはずれないというこれらのドロイドは、当時のイッタラーの研究対象だった。

八棟の大工場のカンタロは、ロボットのみによって培養器から出され、世話されていた。将来に向けた教育は、それほど専門的できびしいものではなかった。約二十カ月後に成長プロセスが完了したら、アクタイオンタイプの船がきて、何百とまとめて指定地へ連れていかれる。

カンタロになるというのはずいぶんわびしいものかもしれない。

話をしてみると、思うほど、かれらが運命をネガティヴに考えていないことがわかった。

兵士は、支配体制に逆らう者たちと戦うことを楽しみしている。管理官は、ギャラクティカーをすでに忍従者と反逆者にカテゴリーわけし、制裁の準備をしている。行政官は、万一の抵抗をおさえるにはどの圧迫手段を使うか、もう承知している。法執行官は、法律の条項を熟知し、ギャラクティカーの幸福にはどのような秩序が必要か把握している。

だが、全員に共通しているのは、将来の任務はどれもギャラクティカーの幸福のためのものということだ。そこまではいいし、正しいのだが……

もうすぐブルー族の惑星で出生率調整の任につくことになっている行政官に、イッタラーは質問してみた。ギャラクティカーにとってなにが最善か、直接訊こうとは考えないのか、と。

別に本気で質問したわけではなかった。銀河系の住民を導くには、強力に支配する必要があることはわかっているのだから。

既成の価値観を疑う気はイッタラーにはまったくなかった。知りたかったのは、なぜギャラクティカーの手綱をすこしでもゆるめてはいけないか、その理由に対するもっともな説明だった。

しかし、将来の出生率調整担当官は答えを返すことができなかった。そういった教育は受けていないのだ。かれが学んできたのは、ブルー族の住民数急増を防ぐ手段だけだった。裕福な惑星に赴任予定の行政官たちは、どうすれば被保護者が意欲的になりすぎないように調子をおさえられるか、すでに心得ていた。

〝腹をすかせて弱ったギャラクティカーだけが、平和的なギャラクティカーだ〟という格言はたしかに正しい。だが、問題を処理するときに、問題とその原因にも精通したカンタロを作ることはできないのだろうか？

もちろんこれは、教育中のイッタラーが議論するテーマではなかった。

それよりも大事なのは、みずからの種族の問題のほうだ。そちらだって充分大変な状態にある。

アノリーの平和スピーカーがメッセージを送ってくるずっと前から、イッタラーは自分の種族の過去、現在、未来についての疑問をしつこく考えずにいられなかった。

一般カンタロがしているように、ギャラクティカーの幸福のために犠牲になることは、自分の成長に制限をかすことは、必要なのだろうか？

六百年以上のあいだ銀河系で教えを広めてきたカンタロは、そろそろみずからのことを考え、自分の生を送ってもいいだろう。その負の側面を引きうけるためだけに、ドロイドになったはずがないのだから。

なぜカンタロは自由に生きてはならず、ギャラクティカーの破壊志向を中心にして決まる強制的義務にしたがわなければいけないのか？

カンタロは、生体をはるかにまさる有益なモジュールを贖罪《しょくざい》の道具としたのだろうか？　カンタロという種族はなにか罪をおかしたのだろうか？　もしそうなら、過去にどんな罪をおかして、何百年も贖罪の務めをつづけているのか？

最上級司令本部が存在するのは、カンタロの償いを監視するためで、それに付随してギャラクティカーによる無秩序を阻止しようとしているのか？

疑問につぐ疑問。誕生してしばらくのころには頭に浮かびながらも、口に出すことは許されなかった。そこから見えてくる問題はタブーだったから。

イッタラーには疑問をともに検討できる相手がいなかった。そんなとき、グールマーに平和スピーカーのメッセージを聞かされ……答えとなりうる数々の情報をにわかに得た。

平和スピーカーはアノリーという名をあげ、カンタロはそこから分派したと告げた。カンタロの出自は宇宙の奥深くにある宙域で、ここの銀河からは遠いと告げた。そして、なぜカンタロはこんなに低い生活水準に甘んじているのかという疑問に答えをくれた。

〝みずからを守りきれずに脳を強制的に操作され、忘れるしかなかったのか？〟

平和スピーカーは、カンタロにはみずからの意志や自己決定権がないと告げたのだ。不自由な身分……本当は銀河系の奴隷だと。この発言がイッタラーにショックをあたえたのは、内容が挑発的だからというよりも、数々の疑問にひとつの明確な答えを出し、カンタロの誤った行為の原因に対して信じがたくとも可能性のある説明をしたからだった。

すべてはいかにも本当らしく聞こえた……たとえいくつかの主張は事実として受けいれるのが大変だったとしても。みずからの種族が銀河系で権力を濫用している可能性など、それまで考えたこともなかった。けれど……それも無視してはいけない可能性だった。

しまいにイッタラーは、本当だとか、嘘だとか、罪についての疑問だとかを問題にしなくなった。それよりも重要なのは、平和スピーカーの登場で、物事を公然と口にし、タブーな話題を検討しようとする実例が急にできたことだ。

平和スピーカーのメッセージが頭から離れることはもはやなかった。メッセージはかれを侵食し、食いつくし、イッタラーは確信のない状態におかしくなりそうだった。精神の均衡をふたたび得るには、平和スピーカーと話すしかないだろう。だが、そんな可能性はなかった。

もうひとつの可能性は、アノリー……〝カンタロの始祖だという種族〟のメッセージに同じように揺さぶられた者が候補生たちのなかにいないか、探りだすことだった。

理性は万一のリスクをいくつも示したが……探究欲をそちらに進める以外の手がなかった。

ジレンマの解消を願うなら、そうするしかない。カンタロであるとはどういうことなのか、そのことと〝シナウィ〟がどう関連するのか、知らずにはいられなかった。

5

その日、日没までにあった出来ごとは、密航に使ったロボット船の離陸くらいだった。ほかにあったことといえば、午後はずっと大雨だったことのみ。雨がやむと、ひどく蒸し暑く、いっそう外に出ないほうがよさそうだった。

ナジャ・ヘマタは通信センターを稼働ずみで、エーテルに集中していた。繁殖惑星サンプソンはなにも受信せず、宇宙への送信もおこなっていない。この星はもうずっと孤絶して、秘密にされているのだ。

転送機も設置され、使用可能になっていた。これはヴィッダーが開発した機器で、エネルギーの消費がとてもすくないため、ほぼ計測されない程度にしか散乱放射を発しない。そのうえ、特別な対探知システムをデフォルメーターの形で備えており、散乱インパルスが転送機のものだとわからないように変えることもできる。

ハロルド・ナイマンにとって残念なのは、この転送機を実際にテストできないことだ。テスト運転の受信ステーションとして使えそうな転送機をカンタロの施設で探してこようかと、グッキーが申しでた。そして、警告の視線をペリー・ローダンから向けられた。

「ただの冗談だよ、ペリー」イルトがなだめる。「ぼくのいうことをいつでも真剣にとらないでいいよ。ペリーのところで健全なユーモア感覚をもちつづけるのはむずかしいけどさ、ぼくなら冗談いえるときがあるんだから」

ティリィ・チュンズは、この日を祝ってちょうどいい詩を作るよう求められたが、そんな要望には応じなかった。どうもいまだに繁殖惑星サンプソンの詩に月を詠みこむアイデアを温めているらしい。

アノリーはふたたびローダンに行動を迫っていた。《クイーン・リバティ》が増援を連れてくるまでに、なにかしら成果が得られるように。

ローダンは求めに応じて、ふたたびグッキーを調査に送ることにした。イルトがばかなことを考えないように、なにをするかをはっきりさせた。

「ひとまず量産用のクローン工場を見てきてくれ、ちび。きっと将軍候補生用の工場より見張りが甘いから、たいして危険なく探れるだろう」

「ふつうのカンタロになんの用があるの？」

「全体の状況を判断するのに必要だ。勝手なことはするなよ、頼むから！」

グッキーは腹立たしそうに鼻を鳴らし、非実体化した。

やっと戻ってきたのは日が暮れてだいぶたったころで、すこし涼しくなり、みんなが外に出ているときだった。おそくなった弁解として、カンタロたちの議論にすっかり聞きいり、時間を忘れたからだと話した。

「ドロイド・クローンたちは、ストライキをしようとまで考えてるよ。尊厳のないライン製造に反対デモをするって」と、グッキー。「生活にすこしの感情や愛情もとりこめないなら、銀河系の管理を放棄するっておどしてやるんだって。ぼかあ、かれらの肩をもつね。なんだかんだいったって、かれらは銀河系の支配者なんだし」

ローダンはネズミ＝ビーバーに最後まで話させた。そのほうが機嫌よく話が進むからだ。話題がつきてはじめて問いを投げかけた。

「それで実際はどうなんだ？」

グッキーは唖然とした。

「ぜんぶ本当だよ、ちょっとおもしろおかしくしたところはあるけど。でも本当に、ぼくがカンタロじゃなくてよかったよ。クローンが作られて、いろんなモジュールをつけられる工場は、まさに本格的な工場なんだ。次々と作業が進んでく。一分ごとにロボットの作業員がカンタロを培養器から出して、それを受けとった次のロボットが製品チェックして、それぞれのカテゴリーに仕分ける」ネズミ＝ビーバーは身震いした。「カンタロがモノとして扱われているところを見るのはぞっとしたよ」

その後の成長段階でも、状況は変わらなかった。カンタロは急激なテンポで成体になり、高速処理で教育を受け、自分のことなどないままだった。

「あんな悪魔じゃなかったら、ほんと気の毒になるだろうね」と、グッキーは報告を締めくくった。ついでのように、クローン工場には特別な監視・防御システムはないとも伝えた。

　以上が二日めの出来ごとだった。

6

その日は、候補生たちが一週間ずっと恐れていた授業ではじまった。

アイシュポンの授業だった。

ナックが五次元について話すとき、その説明についていくのはじつに大変だった。週に一度、候補生を担当するときも、そのやり方は変わらなかった。

実際のところ理解できない、とショウダーは思った。これほど責任のある役目をよりによってナックが任されているとは。ナックという種族はとにかく世間離れしているのに。

その日の最高位教育管理官の授業は、〝シントロニクス制御の身体モジュールに対するハイパーエネルギー放射の作用とドラッグとしての悪用〟という興味深いテーマだった。けれどそんなときでも、アイシュポンはたちまち話の脈絡を見失い、哲学の領域へそれていく。あるいは、ナックにとっての哲学の領域へ。最終的に、ドラッグとしての悪用を警告して終わったが、ハイパーエネルギーによる酩酊《めいてい》の抑止となるような話ではなかった。

そのあとはトーレカの授業だった。ショウダーたちは、すべての候補生が誕生した繁殖工場へ連れていかれた。

道中、ショウダーは、アイシュポンのわかりづらい講義法をあてこすらずにいられなかった。ただし、非常に注意をはらいながら。最高位教育管理官をあからさまに批判することは許されていない。とはいえ、遺伝学者のトーレカとは特別な関係にあり、いくらか率直になることができた。相手のほうでも候補生たちの心配ごとに理解を示してくれた。

「アイシュポンが伝える内容に集中しなさい。情報の伝え方については聞きながすんだ」トーレカは話した。「あの講義法に関していえば、平和スピーカーのメッセージと似たようなものだ。きみたち、もう意見はまとめたのか？」

「メッセージの意図は明らかでしょう」ショウダーはいった。さらにくわしく意見を述べる前に、若手の候補生たちがトーレカに些末《さまつ》な質問を浴びせかけた。ショウダーは足を遅め、イッタラーと並んだ。同輩はその日ひどく無口だった。

「きみもこのテーマに力を入れていないみたいだな」ショウダーは話しかけたが、答えは返ってこなかった。しばらくしてやっとイッタラーが口を開いた。

「いや、むしろその逆だよ。ずっと平和スピーカーのメッセージを考えている。分析はひどくむずかしそうだ。これについて話せないか？」

　ショウダーは誘いに応じたが、その声は嫌気を隠していなかった。

　繁殖工場でトーレカは、クローン作製時に遺伝子欠陥品を即時検出する工程について話した。曖昧《あいまい》な理論に親しまない遺伝学者は、突然変異と健康なクローンをどれほど容易に区別できるか、生きた例をもちいて示した。そのために、培養器から出したばかりの生育二カ月体を使った。それをスキャナーにかけ、全体を分析して状態をつきとめる。

　トーレカはすばやく手を動かしながら、作業を客観的に説明した。

「このクローンには胚のときに新型の半有機インプラントを植えこんでおいた。革命的と推奨されたインプラントだ。だが、胚とともに育たず、肉体にはねつけられて、いくつもの異形成を引きおこした。スーパーカンタロの代わりに、欠陥品を作ってしまったわけだ。だが、進歩の名のもとでは、こうした失敗も計算に入れておかなければならない。将来の優秀なカンタロを一体作れるのなら、百の挑戦で九十九の失敗があろうとも受けいれる」

　候補生たちが将来的に遺伝子実験にかかわることはないだろうが、こうした学問分野にくわしくなることも将軍教育にふくまれる。

　ショウダーがトーレカと特別な関係にあるのは、遺伝子欠陥品というテーマに強く引かれるせいかもしれなかった。ショウダーはつねに候補生たちを見張って、突然変異を示す徴候を探した。そうして何度もトーレカに知らせては、個体による特性だと片づけられていた。

ショウダーは突然変異をあばく手がかりを探しつづけたが、報告をあせらないようになった。次に報告するなら、証拠をはっきりさせたときだけだ。

そうなれば、自分の評価が大きくあがって、出世に有利に働くだろう。

見学授業のあとはヒュプノ学習装置を使って学んだ。ふつうなら何カ月もかけないと身につかないような基礎知識をひとまとめにして学ぶのだ。

ショウダーとイッタラーの教育はもうすぐ完了するため、ほとんどは既知の事実のくりかえしだった。だがふたりとも、教育の最終段階が、あまり知識を増やしたり固めたりする段階でないことをわかっていた。この時期の中心になるのは数々のテストだ。実地に送る前に、ちいさなモジュールのひとつまでもう一度テストする。

将軍として銀河系へ送りだす以上は、欠点などまったくない状態でなければならない。

ロボットによる将軍候補生テストシステムは、きわめて精巧とされていた。それでも百パーセント確実とはみなされないのだろう。そうでなければなぜ、候補生にたがいを監視させつづけるのか？　すくなくともショウダーは教育管理官たちから何度も監視をうながされた。

幻想をいだかないショウダーは、イッタラーも同じくこちらを探っていることを知っていた。

ショウダーには不快感とともに思いだすことがあった。誕生五百日めに、ささいな過ちを候補生から……この候補生は数日後にサンプソンを追放されたが……密告されたのだ。そのせいで、けっして忘れないような検査をことこまかく受けることになった。かれは検査を必要な不快として受けいれ、まったくのいいがかりと判明すると安堵の息をついた。

ショウダーは自分に欠点はないとわかっていた。イッタラーたちより優れた将軍になる自信も確信もあった。そんなかれのなかに、棘《とげ》のように刺さってのこる事実があった。自分はきびしい検査にさらされたのに、ずっと出来の悪いイッタラーは検査されていないのだ。

＊

平和スピーカーのメッセージをはじめて聞かされてからわずか数日後、ショウダーは夜中に眠りから覚まされた。イッタラーが突然、部屋の前にあらわれて訊いてきた。

「入っていいか?」

候補生が居室を訪ねてくるなんて、まずないことだった。

「それを訊いてどうなる」ショウダーは拒否するようにいった。

しかし、イッタラーは引きさがらなかった。部屋に入ると、慎重にドアを閉めた。なにかをたくらんでいるような態度だった。

「このところ眠れないんだ」イッタラーが口にした。

「睡眠障害なら、別の候補生の安眠を妨害するよりいい薬があるだろ。せめてあすまで待てただろうに。ここにきたことをほかのやつらが知ったらどう思う？」

「知られないほうがいいな。とくに管理官には。この件はここだけの話にしておいたほうがいい。わたしの思い違いだったとしても」

ショウダーはますます不快になってきた。

「どんな件だよ、それは？」

イッタラーは緊張したようすだった。しばらく黙ったまま、その場でそわそわとからだを動かしている。

「平和スピーカーのことだよ」ついに話しだした。「最初からなんとなく、メッセージの内容がきみに強い印象をあたえた気がして」

「反感を起こさせた、が正しい言葉だろうな」

「とにかく、あの呼びかけはきみに効き目がなくはなかった気がしたんだ。だからずっとそのことを考えていて眠れなくなった。メッセージが変な感じで頭に響いているんだ。いっていること、わかるか」

「いや、わからないね」ショウダーは冷たくいった。「あのばかげた話のことはとっくに忘れていたからな」

「でもそれじゃあグールマーの課題はどうする。なにを求められているか思いだせよ。意見をまとめて、論文を書くんだろ。あまり安定していない個体にどんな影響があるか」

「わたしの意見はもうまとまっている。だから夜眠れないことはない」

「きみのことを思い違いしていたよ、ショウダー」そういうイッタラーの声はどこか残念そうで、ショウダーははじめて注意を引かれた。「そのせいでこの件に入れこんだんだ。いまはもう平和スピーカーの言葉が頭から離れない」

「耳を貸さなければいい」

「そんなにかんたんにいけばいいが」イッタラーはこれまで以上にようすをうかがっているように見えた。「事実はなかったことにできない。あのメッセージがとにかく聞こえるんだ。向きあわずにいられない」

候補生をたしなめたり、まして処分したりする権限は、ショウダーにはなかった。身分が同じなのだから。だが、イッタラーは叱責を求めている。

「イッタラーが聞いているのは〝メッセージ〟じゃない……誘惑だ。それに抵抗できるくらいしっかり強ければ、惑わされることもないはずだ。むりそうなら、グールマーか最高位教育管理官のアイシュポンに自分の疑念を知らせるしかないだろう」

「いや、その必要はない」イッタラーはあわてて断言した。「忘れてくれ」すこし間を置いてから、おそくなった弁解をするようにつけたす。「最初にいったとおり、もともとはきみのことだったんだ。ショウダーがうそや邪教のような主張に引っかかる恐れがあると思った。その考えをあからさまに分析に書かないよう、どうしても助言したかった」

これほど厚かましいことはなかった。

「もし助言が必要なら、わたしがきみのところへ行ったんじゃないか。だが実際にはだれがだれを訪ねた?」

「さっきいったとおり、試そうとしただけだ。どうしてだか、この件がきみの負担になっている気がした。でも、充分しっかりしているみたいだな。忘れてくれ。きみへの疑いをわたしも忘れるから」

ショウダーは忘れなかった。最初は、イッタラーもやはり野心的で、あとで使えそうな告白をこちらから引きだそうとしたのだろうと思った。

イッタラーも最後にそうほのめかしていた……明らかすぎるほどに。策を講じる者であれば、狙いの相手に対してそんな裏を明かすことにもっと慎重になるだろう。ショウダーがその立場なら、すべて否定する。だが、なにか別のこと……もっとまずい行為を隠したい者は、それよりましな行為をとる。たとえば密告のような。

とすると、イッタラーが平和スピーカーのうそにまみれた言葉に引っかかった可能性があるということだろうか？

にわかにショウダーも眠れなくなった。

この件がひどく負担になったからではない。だが、イッタラーの挙動はかなりあやしく思えた。こうして考えると、かれが前から不安定なようすだったことに気づいた。

イッタラーは見張る価値がある。もしかするとアイシュポンは知らずに不発弾を育てあげたのかもしれない。いや、さすがにこじつけすぎか？　考えられないだろう、候補生の遺伝子か身体の欠陥がナックの目にとまらなかったなんて！

その後、ショウダーはこの件を一時的に忘れた。数日ほど非常にいそがしかったのだ。そしてある日、おかしな時間にヒュプノ学習装置を使っているイッタラーを見かけた。同輩への関心がふたたび呼び起こされた。

イッタラーをあやしく感じたときのことをいっきに思いだした。授業時間外に知識を入れるほど、いったいなにに興味をもっているのだろうか。

ショウダーが身を隠していると、イッタラーがロボットに見つかり、逃げるように出ていった。巡回のロボットがいなくなってから、ショウダーはヒュプノ学習装置に近寄り、先ほどのイッタラーの履歴をメモリから呼びだした。

ヒュプノ学習装置が最後に使われた教材として示したのは、上位概念〝カンタロの系統学〟だった。とくにこれといったところのないテーマだが、もうすぐ将軍になる者ならとっくに身につけておかなければならない知識だ。

ショウダーはさらに調べ、イッタラーがカンタロの出自や系統について質問を重ねていただけでなく、得られた答えを疑っていたことを知った。

イッタラーは本当に、カンタロがアノリーという原種族の系統なのか知ろうとしていた。これは、証拠とまではいかなくとも、イッタラーが変節しつつあると明らかに感じさせる瞬間だった。

しかし、興奮したショウダーは、ヒュプノ学習装置の作業記録をコピイし忘れてしまった。失策をとりもどそうと次に装置へ向かったときには、作業記録のなかにイッタラーの秘密の質問はなかった。

すべての痕跡を消したことで、イッタラーはさらにあやしくなった。

ショウダーはすぐに教育管理官に伝えて恥をかかずにすんだことを喜び、この敗北をおちついて受けいれた。疑いが邪推でなければ、そのうちまたイッタラーはぼろを出すだろう。

それから数日、数週とイッタラーを観察しているあいだに、おかしなところがいくつも目につくようになった。ささいな点ばかりだが、疑いを裏づけた。ただ、管理官やアイシュポンのところにまでもっていけそうな確実な点はなかった。

イッタラーは非常に注意深くて、問題になることはせず、ほんのわずかでも周囲の疑いをまねくようなことはしなかった。まさにこの過剰な注意深さがいっそうあやしかった。

アノリーという平和スピーカーのでたらめなメッセージにイッタラーが引っかかったのはまちがいない。

きっとぼろを出すときがくることを、ショウダーは確信していた。

とはいえ、かなりの時間を待つ必要があった。そしてある日、イッタラーは調整モジュールを失いかねない行動に出た。

この行動で、かれはショウダーの手に落ちた。

7

「ひとつ考えがあります」次の朝、デグルウムがペリー・ローダンに声をかけた。「ガヴヴァルとシルバアトと相談して、われわれはカンタロの前に姿を見せたほうがいいという結論に達しました」

「正気か」ローダンは思わずいった。失礼をわびてから、説明するようにつけくわえる。「カンタロがきみたちと顔を合わせたら、猛然と狩りたててくるだろう。われわれのミッションそのものがあやうくなる」

「そうとはかぎりませんよ」デグルウムが独特のおちついた口調で伝える。「われわれを目にして、畏怖の念から身を震わせる可能性だってあります。もう何週間も、平和スピーカーの放送を浴びせてきました。なんの影響もないはずがない。わが種族やカンタロの系統についてたっぷり話して聞かせたのですからね。顔を見せてもいいころだと思います。イッタラーがあれほど色よい反応を示しているなら、ほかのカンタロもわれわれと顔を合わせれば種族の本当の価値を思いだすと期待できるでしょう」

「いまのカンタロが第五世代のクローンだということを忘れている。かれらに過去の記憶はもはやない。向こうからすれば、きみたちは異種族だ。イッタラーは明らかに特殊な例だろう。あるいは、たんにおとりとして使われているか」

「なぜそれをつきとめようとしないのです？」

「するつもりだ」約束しながらもローダンは制限をくわえるようにいった。「だがまずは守りを固め、増援を待つ必要がある」

「それに関してはまったく同意できませんね。操作されたカンタロにも、原記憶のようなものがあると、われわれは考えています。対面の機は熟している、とも」

「頭から冒険に飛びこむことはできない。いまのところ、われわれ、まったくの丸腰だ。もし本当に罠だったら、手の打ちようがない」

「われわれは多くを要求してなどいませんよ」デグルウムはあくまでくりかえした。

「グッキーに、あの優れたテレパスに……」

「ぼくもそう思うなあ」ネズミ＝ビーバーが割りこんだ。

「……カンタロの思考を調べてもらいましょう」デグルウムは惑わされずにつづけた。

「そうすれば、なにかたくらんでいるかどうかわかる。カンタロはサンプソンでは安全だと思っている。ここではきっと、シントロニクス脳プロセッサーをつねに作動させていないから、有機体による脳機能から情報を集めることができると思いますよ」

それが今後の助けになることを、ローダンは認めざるをえなかった……グッキーが慎重にとりくんでくれればだが。

「ぼくは慎重の母とか、そんなたぐいの存在だよ」ネズミ＝ビーバーは保証してから、テレポーテーションしてあらたな任務に向かった。

そして、これまで以上に長く留守にし、またもや興味深い情報をいろいろもちかえってきた。

デグルウムのいったとおりだった。将軍候補生はおもに有機体の脳コンポーネントを働かせており、思考から多少のことがわかった。

グッキーによると、宇宙港にある小型船三隻は、超光速エンジンのない単純な惑星フェリーだった。四隻めだけが、典型的なカンタロの六十メートル級こぶ型艦で、長距離航行が可能。この艦の名は《マッカム》で、〝マスターのお気に入り〟といった意味だった。どの船にも乗員や見張りはいなかった。警報装置もないため、万一に備えて簡易爆弾をしかけるのはごく容易そうだ。

「そんな段階にはまだない」ローダンはネズミ＝ビーバーの熱意にブレーキをかけてから、いやな予感とともに訊いた。「いま語った詳細をどうやって探りあてた？」

「当然、船に乗って見てきたよ」

「そういう〝当然〟は二度とするな！　でなければ、カンタロのところに行くのはこれが最後だ」

「いいよ、そうしてればいいさ」グッキーは悪態をつくと、挑発するように一本牙《きば》をむきだした。「好きなようにぼくに指図していびりなよ。気がよくて人類にやさしいネズミ＝ビーバーなら、思うように扱えるもんね。でも、そういう態度をつづけてると、わが友イッタラーの頭のなかになにがあるか、聞けなくなるかもよ」

「将軍候補生のイッタラーを見つけたのか？」

静まりかえったこの瞬間、みんながネズミ＝ビーバーのところに押しよせて質問を浴びせるより先に、ティリィ・チュンズの声がした。

「おごそかに満月は輝く……サンプソンの面《おもて》に……まるく？」

しかし、この佳句ではもちろんグッキーの語ることに対抗できなかった。

8

イッタラーは一度だけ慎重さを欠き、大胆な行動に出たことがあった。理性モジュールと呼ばれるものをオフにし、味方になると思った相手に自分の心の動きをさらしたのだ。

さいわい、ある程度は慎重にことを進めたので、相手が協力的でないとわかってからは逆の方向に舵を切ることができた。だが、あのときは間一髪で密告をまぬがれたのだ。そう直後に気づいた。

かれは深夜にショウダーの居室を訪ね、心中を打ち明けて……不愉快そうに追いかえされたのだった。あとからすると、その軽率な行動は自滅的に思え、二度とそんなぼろを出さないとかたく決心した。

イッタラーはとても注意深くなった、まるで陰謀をくわだてる者のように……そして、ある意味では実際そうだった。なにか変わったことがあればすべて敏感に目にとめ、一語一語をこまかく検討してから口に出し、相手の言葉もよく吟味してから反応を返した。

調査もさらに慎重におこなった。授業では教育管理官にほぼ質問しなくなったが、課題はこなして管理官を完全に満足させた。管理官たちはイッタラーの内向性を将軍としての品格の芽生えだろうととらえ、実際は、敵対的な環境から身を守るマントであることに気づかなかった。

候補生たちのことはできるだけ避けたが、このふるまいはなんの疑いも引きおこさなかった。孤立する傾向は、候補生に特徴的な個性と判断されるからだ。しかし、イッタラーは、以前は距離感のあったショウダーが近づいてきているような気がした。ショウダーが同調してきたとは思えず、こちらのようすを探っているのだろうと判断した。あるとき、最後の共同任務のわずか数日前に、ショウダーがちいさな秘密を打ち明けてきたことすらあった。

「わたしは日数を数えているんだ」ショウダーはさも信頼したふうに明かした。「テラ暦を順守することへの私的な反抗だよ。きょうはわたしの誕生五百五十日めになる」

イッタラーはいまの自分にふさわしい否定的な反応をしておいた。

こう冷たく伝えた。

「その私的な暦でテラの標準的な一日を単位にしているのだから、矛盾といわれてもしかたないな」

イッタラーはそれからさらに用心深くなり、ショウダーもしばらくは寄ってこなかった。間近に迫った任務についてグールマーから知らされると、ショウダーはまたすり寄ろうとしてきた。だが、イッタラーはもうかまわなかった。思考はとっくにはるか遠くへ向かっていた。別の生や、別の時間に。

そんな状態になったのは、グールマーにあたえられた任務が原因だった。

十一月のその日、ふたりは教習室に呼びだされた。この教習室は、候補生たちに〝司令センター〟と名づけられている。つねに重要な決定がくだされる場所だからだ。候補生が司令センターに呼ばれれば、自分にとって重要なことが決まったとわかる。

イッタラーとショウダーはいつもここから任務に送られていたため、グールマーが開口いちばん、重要な任務があると告げても驚かなかった。

「将軍候補生としてのきみたちの時間は、終わりに近づいている。二ヵ月以内には、教育を修了した将軍となる」教育管理官はそう話をはじめた。「きみたちの知識の状態は、高位カンタロの機密保持者にほぼ相当する。そのため、状況をだらだらと説明する必要はない。単刀直入に話すことができる」

そして、すぐに本題に入った。

「きみたちの任務は、いわゆる平和スピーカーの通信衛星をひとつ破壊することだ。完全戦闘艦の指揮権、通信衛星の座標、完全な行動の自由があたえられる。大事なのは、成功報告をもって任務を終えることだけだ。やり方は自分たちで考えろ。これは決定だ。

それでは、任務の背景を伝える」

　この瞬間、イッタラーのなかで起きたことはいいあらわせない。かれは話を聞いてあふれかえる思考を押しとどめようとした。関連するモジュールを過剰に働かせ、内面が思考や感情で荒れくるっていることを、とにかく外面から気づかれないようにした。グールマーとショウダーがこちらを観察し、奥底までのぞこうとしている気がした。それでも、充分、自分をおさえられていると思った。

　だが、どんな思考や不安よりも、この任務を受けたという信じがたい事実で頭がいっぱいだった。自分の幸運がよくのみこめなかった。平和スピーカーのところへ送られ、強く望んだコンタクトをとる機会をあたえられる。こんなチャンスを得る可能性があるとはまったく思っていなかった。

　唯一障害となるのは、ショウダーだった。かれの同行がなければ、なんの制限もなく自由に行動できただろう。

　イッタラーは考えごとに囚《とら》われて、グールマーの話をあまり追えていなかった。集中して聞くには、自分をおさえなければならない。

「……われわれはあらたな状況に直面しているのだ。ヴィッダーは銀河系の外部からの増援を得ている。そのせいで、壁の外側にもう生命体はいないという主張はなりたたなくなった。たとえギャラクティカーの大部分がそれを知ることはなくとも、味方の合流は抵抗組織の強化を意味する。将来の将軍であるきみたちにとっては、任務が難化するということだ。ヴィッダーがにわかに力を得たと感じていることは、以前よりもおおっぴらにわれわれと交戦し、勝ちを増やしていることからも察せられる」

グールマーはいったん黙り、言葉がふたりに作用する間をとってから、強い口調でつづけた。

「何百年ももぐりこんでいた鼠穴から、ヴィッダーは突如として出てきている。これは、われわれの無敵の栄光を打ち壊す意図があってのことだ。この点については、最上級司令本部に批判が向けられるだろう。生じている危険を明らかに甘く見た、あるいはよくわからない理由から、とりうるかぎりの手段をとることをためらったのだ。しかし、これは本日のテーマではない。われわれはさらに別の事態にも直面している。ヴィッダーがプロパガンダを使って、急にわれわれカンタロに直接働きかけようとしているのだ。この点を見ても、平和スピーカーを黙らせることは重要となる」

教育管理官はふたたび言葉を切ってからいった。

「質問があれば、遠慮せず訊いてくれ」

ショウダーがたずねた。

「最上級司令本部については話さないとしても、なぜテロリストが急に強気になっているのか、その理由を知りたいのですが。銀河系外から得た増援は、これまでの戦力とくらべて微々たるものです。統計によると、ヴィッダーには、クラスの異なる戦闘可能船が百隻ほどあります。何隻か増えたところで、突然の強化にいたらないはずです。さらに、われわれはやつらをペルセウス・ブラックホールで打ち負かしています。われわれの秩序の深刻な脅威と急にみなすのは、いきすぎではないでしょうか？」

「最上級司令本部のことは置いておこう」グールマーはたしなめるようにいった。「ヴィッダーの強化について話すなら、統計で把握できないひとつの事実を加味しなければならない。ギャラクティカーは予測のつかない感情生命体だ。われわれの基準で規格化しようと手をつくしても予測がきかない。とにかく、壁の外から同志が合流したことには、二重の意味で煽動的な効果がある。ひとつは、われわれの防御壁が越えられないものではなかったと示されたこと。もうひとつは、その侵入者がとっくに死んだと思われていた過去の英雄たちだったこと。われわれのように合理的に考える者にとっては、たいした効果はないだろう。だが、ギャラクティカーの場合、このような情報は効果を増大させる。倒錯しているように聞こえるのはわかっているが、ギャラクティカーとはそういうものだ……これに関してなにかいうことはあるか、イッタラー？」

グールマーの刺すような視線がふいに向けられたのを見て、イッタラーは気づかれていると思った。ひそかに銀河系の歴史を調べつづけていることを知られているにちがいない。

「ギャラクティカーの英雄崇拝は、原始のころまでさかのぼれます」イッタラーは説明した。「われわれの種族がこの銀河の保護を引きうけることになったときも、広まっていた個人崇拝と格闘して撤廃しなければなりませんでした。すなわち、ギャラクティカーのよりどころとなる指導的存在をすべてとりのぞいたり、死んだか実存しないと説明したりしました。これは、必要な歴史修正の根底となるもので、現在の世界像はそのうえにできています……」

「いいたすことはないか？」ようすをうかがうようにグールマーは訊いた。

「ありません」そう答えたが、グールマーが正確に見抜いたとおり、口先まで出かかっていることがあった。カンタロもまた広範な歴史の改竄《かいざん》をせずにすまなかったと、いいたくてたまらなかった。けれど、イッタラーは自分をおさえて、心中をもらさないでおいた。

「では、話は終わりだ」教育管理官が告げた。

＊

次の夜、イッタラーが秘密の外出から居室に帰ると、予期せぬ来客が待ちうけていた。

「こんどはこちらが訪問する番だ」そういって、ショウダーが迎えた。「覚えているだろ、イッタラー？」

「なんの用だ?」おちつきをとりもどしてから、イッタラーは訊いた。

「こんな時間にどこをうろついていたか、わたしも訊かずにおくよ」と、ショウダー。

返答はどうにでもなるが、黙っていたほうがよさそうだった。候補生相手に弁解するのは、非を認めるのと変わらないだろう。

イッタラーにはやましいところがあったのだ。夜中に出かけたのは、データ記憶媒体を手に入れるためだった。入手後は、それを居室にもちかえり、じっくりメッセージを作成して保存しようかと考えた。

だが、用心のためにもちかえることはやめ、メッセージをいそいで記憶クリスタルに吹きこむと、用意しておいたインパルス発信機に入れ、その卵形機器を《マッカム》内に隠したのだった。

《マッカム》は今回の任務に使う船なので、そこにいるところを見つかってもとくに奇妙に思われることはないだろう。任務に備える実直な将軍候補生であれば、疑いを引きおこすはずがない。

しかし、居室に戻ってショウダーに会うとは、予測できなかった。

「なぜきたのか理由をいって帰れ。のこりの時間を有効に使って、任務の用意をととのえたい」

「その話がしたいんだ」と、ショウダー。「平和スピーカーの虚言プロパガンダにわたしが引っかかったと疑ったことがあったよな」

「自分の誤りに気づいて、忘れてくれと頼んだだろう。さらに謝罪を望むのか？」

「それではたりない」ショウダーは答えた。「あれ以来、きみに避けられて、わたしに欠陥でもあるかのような扱いを受けている気がする。それから解放されるために、平和スピーカーを壊すのはわたしにやらせてほしい」

「わかった」

イッタラーがすぐさま応じたことにショウダーは驚いたようだった。

「承諾してくれてうれしいよ」帰るようすは見せなかった。かれはそのままつづけた。「グールマーが背景説明をしたとき、すこししか触れなかった話があった。最上級司令本部についてもっとくわしく議論するのは意義があると思うのだが。そう思わないか？」

「グールマーは議論のテーマではないとはっきりいっていた」答えながらも、意思に反して関心がわいてきた。

「ここだけの話、イッタラー、最上級司令本部というものにだれが、あるいはなにがひそんでいるか考えたことはないか？」ショウダーはかまわずつづけた。「将軍になる者がそれについて考えることは禁止されていない。それどころか義務であってもいいくらいだ。銀河系の指導層の一員として、われわれは批判的な目をもっていなければならない」

「なんのイデオロギーを売りこむつもりだ？」イッタラーはひやかすようにいった。

「さっさと本題に入れよ」

「最上級司令本部とはどんなものだと想像している？」ショウダーはずばりと訊いてきた。

「いままで考えたことがないし、授業で教わったことをなぞるくらいしかできないだろうな」

「腰が引けて思っていることをいえないなら、先にわたしがいってやるよ」ショウダーは奮然と話しだした。「最上級司令本部を名乗る最上位機関のことをどうとらえるべきか、わからない。有機生命体で構成されたグループなのか？　われわれの種族で構成されているのか？　功労のある戦略参謀官が選ばれて構成員となっているのかもしれない。実は、誤りなどないシントロニクスの結合体ということもありうる。これなら、決定の多くがわれわれに理解できないことの説明になるだろう。最上級司令本部が対処に動いていないことの説明にも」

ショウダーはふいに物思わしげなようすを見せた。この瞬間、イッタラーは、相手が本当に関心をもっているのはこのテーマなのだと信じたくなった。ショウダーはつづけた。「でも、俗語で広まっている〝ロードの支配者〟という名も、最上級司令本部の構成の説明になるかもしれない。ロードの支配者……真の権力者を思わせる名だ。ロードの支配者が何者なのか、わたしはくりかえし考えているんだ。なんにせよ、それは銀河系の最上位機関で……われわれのはるか上に立つ者でもある。絶対的な頂点に。わたしはどうしても知りたいんだ、最上級司令本部のメンバーを作りあげる特別なクローン作製法があるのか、それともあるいは……われわれふたりのどちらかに、この高貴な輪に受けいれられるチャンスがあると思うか？」

「ふたりのどちらかというなら……きみだな！」イッタラーは真剣に伝えた。

ショウダーはいらだたしそうに床を踏みならした。こんな衝動的な反応をするところを見たことがない。イッタラーは思った、おい、見ろよ、ショウダーも感情を示すことがあるんだ。

「そうか、わたしとまじめに話すのを拒むのか。まあいい」怒気をおびた口調だった。「《マッカム》で会おう。さっきの合意に変わりはないな？」

「平和スピーカーはきみの獲物だ」

ショウダーはそれ以上なにもいわず、あらあらしく出ていった。

閉まったドアを見つめたまま、イッタラーは同輩のことを思い違いしていたのではないかと自問した。

でも、それはいま重要なことではなかった。

イッタラーは完全に心を決めていた。対話をするなら平和スピーカーが相手だと考え、その実現のためにあらゆる手をつくしていた。

目標に達するチャンスを、ショウダーに心を開くことで、軽率に危険にさらす気はなかった。

＊

翌日の夕暮れに《マッカム》はスタートした。イッタラーとショウダーは注意事項を教わってから、戦略を話しあっていた。ショウダーが軍事上の決断、イッタラーが操船をおこなうということで、ふたりは同意した。

通信衛星の破壊法については、ショウダーは現場に着いてから決めるという。アノリーが監視システムを設置しているかどうか、すべてはそれしだいだ。イッタラーの担当には、作戦の成功を確認する役目もあった。そのため、作業が完了したら船を出て、破壊した通信衛星の残骸を調べなければならない。

もちろんこれは、イッタラーのくわだてにうってつけの状況だった。

航行中、司令室にはイッタラーしかいないため、用意をととのえることができる。やることは多くない。船を出るときにもっていけるように、記憶クリスタルを入れたインパルス発信機を宇宙服にしまっておくだけでいい。

航行はとくにハプニングもなく進んだ。目標の一光週前で相対的に中間静止し、いつもどおりの探知をおこなう。このとき、ショウダーが司令室に顔を出し、宙域に不審なものがないことを確認した。

探知データからも、あたり一帯には通信衛星以外なにもないことが確かめられた。

「実際のところ残念だな、ここに邪教徒の一名もいなくて」と、ショウダー。「捕虜をつかまえてサンプソンに連れてかえれれば、任務の評価もあがっただろうに。本当に残念だよ。では、さっさと片づけるか」

イッタラーは最後に短く超光速飛行して《マッカム》を目的宙域へ運ぶと、速度を光速の十パーセントに落とした。ショウダーは火器管理室にすでにいる。

「通信衛星を確認した。自動操縦に移行してくれ、イッタラー」

「移行ずみだ」もうイッタラーに船内ですることはない。「エアロックに向かっているところだ。砲撃がすめば、こちらにもわかる」

「あれをただ撃破するなんてもったいないと思わないか、イッタラー？　衛星を手に入れてサンプソンで調べたほうが有意義だろう」

「それでは任務に反してしまう」そう答えたが、誘惑にあらがうのは大変だった。ショウダーは罠にかけようとしているだけかもしれないと、自分にいいきかせた。「やるべきことをやろう」

イッタラーは兵器庫へ向かうと、宇宙服を身につけ、該当する身体モジュールの供給システムをオンにした。卵形のインパルス発信機が秘密をもらすように胸もとでふくらんでいるが、ショウダーは気づかないだろう。

エアロックに入り、外側ハッチが開くまで待った。ショウダーの任務は長くかからなかった。すべては迅速に進んだ。閃光が宇宙の暗闇にきらめき、直後にやや離れたところで爆発が起こった。

「さあ、こんどはそっちの番だぞ、イッタラー」受信機からショウダーの声が聞こえてきた。

爆発の起こった場所へ向かう。通信衛星はいくつか破片がのこっているくらいで、四方に飛び散っていた。役割どおり、必要な測定をこなす。そのさい、卵形のインパルス発信機をとりだして、数時間後に作動するようにタイマーをセットした。そのころには《マッカム》はとっくにサンプソンへ帰航中だ。終わると、船へ戻った。

「ずいぶん早いな？」とショウダー。

「将軍候補生のわれわれは、こんな任務以上の技量を身につけているからな。もっと要求してくれてもいいくらいだ」

「わたしにしたら充分な成功だよ」ショウダーは満足そうにいった。

イッタラーは内心、秘密の行動になにか感づかれただろうかと心配していた。しかし、ショウダーがさらに口にした。

「サンプソンはえらく退屈だから、いつもとちがうことはなんでもうれしいよ」

イッタラーはほっとして息をついた。

アノリーとコンタクトをとるために、できることはすべてしたのだ。あとはもう、なにか起こることを待つしかない。

「そろそろ監視船にゴーサインを出せるな」

「監視船ってなんだ？」イッタラーはぎょっとしてたずねた。

「アイシュポンの決定を伝え忘れていたか？」なにくわぬようすで訊いてきたが、明らかにわざと伝えなかったのだろう。「スタート前に最高位教育管理官に提案したんだよ、アノリーの通信衛星があったところに船を三隻、配置したらどうかって。アイシュポンは応じて、このアイデアをほめてくれた」

「なぜそんな手間を？」

「通信衛星が急に送信しなくなれば、なにが起きたか、アノリーが見にきそうだと思わないか？」

事実、イッタラーはそうなることを確信していた。計画のすべてはこの確信をもとにしていた。だが、ショウダーの介入によって成功の見こみはゼロになった。カンタロ艦三隻にアノリーが対抗できるとは想像できなかった。だが、いまとなっては、メッセージとともに警告を送ることは不可能だ。
イッタラーは奇蹟を願うしかなかった。

9

ネズミ＝ビーバーについて認めなければならないことがひとつあった。ペリー・ローダンのいうことを厳格に守って、最大限の注意をはらっていたのだ……すくなくともグッキー自身の話によると。

グッキーの行動はこうだった。

まず、八名いる将軍候補生を遠くからじっと観察し、その思考をていねいにフィルターにかけていった。

候補生はやはり全員、男だったが、このときまでそれが当然と考えていたわけではない。とはいえ、女カンタロが指導的地位にいるという話を聞いたことはないので、たいして不思議でもなかった。

「あんまりじらすなよ、グッキー」と、ハロルド・ナイマンがせっついた。

そのうち、全員の名前がわかった。ミルーラン、ラエネボー、ショウダー……そして、イッタラー。

名前を知るより先に、グッキーは思考の内容からすぐにかれがわかった。

みんなは教育と将来の役目のことばかりを考えているのに、イッタラーの思考はくりかえし別のほうへ向かっていた。将軍候補生の範囲を超えたことを考え、〝一般カンタロ〟……かれはクローン工場の量産体をそう呼んでいるのだが、そのわびしい存在についてまで思案していた。

そして、平和スピーカーのメッセージに何度も何度も思考をめぐらせていた。メッセージはもはや繁殖惑星サンプソンに届かなかった。イッタラーとショウダーが《マッカム》で飛び、通信衛星を破壊してからは。

この流れで、イッタラーの思考のなかに、インパルス発信機のことも出てきた。衛星の残骸でアノリーが見つけたあの機器だ。

インパルス発信機を置いていったイッタラーは、自分の行動がなにか引きおこすか、期待と不安でいっぱいになりながら待っていた。アノリーがサインをくれるのを待っていた。

これをデグルウムとガヴヴァルとシルバアトが聞くと、イッタラーが待ちわびるサインを送り、リスクを負ったのはむだではなかったと知らせるよう迫った。

これからなにか起こるのか……あるいは起こらないのか、まったくわからないままのイッタラーとともに三名は心を痛めた。

「むなしい努力ではないと伝えないと」ガヴヴァルがいうと、同族の男性陣が同意した。

「われわれ、安全を第一に考えなければならない」とローダン。「過剰な同情で計画をすべてひっくり返すのは軽率だろう」

今後の行動をあやうくしないために焦《あせ》ってはいけないことをアノリーは認めたが、イッタラーはサインを受けとってしかるべきだという意見は変えなかった。

「ぼくはいつでもいいよ」グッキーがいった。「きみたちのサイン入り写真でももっていこうか？　手はじめとしてさ」

結局、ローダンは妥協策をとった。グッキーは引きつづきイッタラーに集中し、かれといまの状況についてすべてを探りだす。好機がきたら……ただし、ほかの候補生や教育管理官の疑いをまねかないとグッキーが確信できた場合にのみ、待望のコンタクトが目前に控えているサインを送る。

サインをどうするかは、グッキーが決める。この点は状況しだいなのだ。

「信じられないな！」グッキーはわざとらしく声をあげた。「夢を見てるのか、本当に現実なのか？　ぼくはいっぱしになったのかな、急に自分で決めていいなんて？」

こうしてグッキーは……またもや……みんなの笑いをとり、アノリーもローダンの妥協策に納得した。

ブルー族のティリィ・チュンズがこの機をとらえて、改良した月の詩をうたった。今回は、かれも望んだ注目を得られた。

「サンプソンの満月よ、こちらを見つめる……問うように、悲しげに、それともどんなふうに、どんなときに？」

「これで最後だぞ、ティリィ、なんでそのたわごとを口にするときいつもこっちを見るんだ？」ナイマンが腹立たしげな声をあげた。どうも本当に怒っているらしい。まんまるい顔が赤くなっている。「そのたわごとはなんなんだ、この星に月なんてないのに？」

「きみを見ると、インスピレーションがわいてくるんだよ、ハリー。その満月顔を眺めると、サンプソンにようやく衛星ができたように思うんだ」

しばらく困惑したような沈黙がつづいた。ブルー族がどちらを向いても、目にうつるのはそっけない顔のみ。やがてグッキーがいった。

「こりゃすごい、ティリィがやったぞ」

もちろんからかったのだが、この言葉でみんなの硬直が解けた。ひとり、ふたりと笑いだし、それからみんな腹をかかえて笑った。

「ハリーがサンプソンの衛星って」ナジャ・ヘマタが涙を流して笑いながらいった。

「そんなの思いつかないわよ！」

ティリィ・チュンズは笑いをとれたが、それは意図したものとはちがっていた。ずっと冗談を狙っていたから、みんなあきれかえったのだ。

「本当にそんなにおもしろかった？」ティリィ・チュンズはあとでそっとナジャに訊いた。

「冗談そのものはそんなにおもしろくなかったけど、ティリィ。それに何日もかけていたことは驚嘆に値《あたい》いするわ」

10

さあつかまえたぞ、イッタラー。そう思いながら、ショウダーは同輩の違反行為を観察していた。だが、あれから何週間もたつのに、相手の罪を証明できずにいた。十二月二十日と表記される日、ショウダーの誕生六百四日めになっていた。おそくとも三週間後には将軍と認定され、船をもらい、責任のある役職につくだろう。イッタラーを転落させないままというわけにはいかない。

これまでのところ、ショウダーは決定的な段階に進むことができずにいた。イッタラーに対するなんの確証もつかめなかったからだ。

自分の見立てには自信があった。最後にはイッタラーの裏切りを証明すると確信していた……裏切りの証明でなくとも、遺伝子欠陥品にまつわる証拠は見つけると思っていた。

アノリーの通信衛星の任務で、イッタラーが残骸になにかを置いてくるのを目にした。それがなにか特定することはあいにく時間がなくてできなかった。

平和スピーカーへのメッセージかもしれないが、ただなにかを捨てたということもありうる。もし裁判になれば、イッタラーはまちがいなくそう証言するだろう。生死がかかれば、うそをつくことも辞さないものだ。

それもあって、ショウダーはまだ管理官への報告をしなかった。確実な証拠がほしかった。

イッタラーの罪を明らかにするためになにができるかずっと考え、監視することに決めた。

任務から戻って間もないころには、ショウダーは監視装置を調達していた。これは容易なことではなかった。将軍候補生は扱いがちがうとはいえ、どんな技術機器でも目的を訊かれずに入手できるわけではない。公式のルートで申請することは避けた。イッタラーが知って用心するかもしれない。

そのため、教育管理官のトーレカにもちかけることにした。トーレカとは非常に良好な関係にあるので、内密に相談するのはむずかしくなかった。

ショウダーは正直に話した。敵に協力する疑いのある者がいる。だが、名前をあげるには充分な証拠がない。どうすれば周囲に知られず、容疑者に察知されずに、必要な技術機器を入手することができるだろうか？

トーレカは理解を示して告げた。

「機器はわたしから受けとれる。きみの代わりに、わたしの名前で申請しておこう」

教育管理官はなにも訊いてこなかったが、ショウダーには訊いてほしい思いもあった。だれかに秘密を打ち明けたかった。生死にかかわる秘密をかかえて安全でない気がしていた。内心、イッタラーは同族を殺すこともありうると考えていたのだ。イッタラーはときおり、〝シナウイ〟とかいうモジュールのことを話していた。寿命時計のようなもので、カンタロの体内にあって、やり方のわかる者ならそれをとめられると主張していた。

そのことをいやでも頭に浮かべながら、ショウダーは授業を無断で休んでイッタラーの居室にしのびこみ、マイクロ・スパイをしこんだ。こうして、イッタラーが個室にいるときもつねに監視できるようになった。

ここまでが、衛星破壊任務のすぐあとに起きた出来ごとである。それから数週間、ショウダーはイッタラーから目を離さなかった。しかし、望んだような確証は得られなかった。

最初は何夜も起きて、イッタラーを見張っていた。しかし、だんだんと退屈してきて、録画してあとからクイックモーションで見るだけになった。

自室で他者の目がないと思っているときのイッタラーの行動は、たしかに妙だった。思いつめたようすですわり、寝台でおちつきなく寝返りを打ち、電気がはしったかのように何度も飛びおき、せわしなく周囲を見まわし、居室じゅうを調べだした。

こうした行動は、将来の将軍にふさわしいものではなかった。一般カンタロにすらふさわしくない。カンタロとは自制を失わないものだが……イッタラーはちがった。

何時間も自己実験している夜もすくなくなかった。そのようすは、欠陥のないカンタロと自分はなにがちがうのか、探りだそうとしているように見えた。

こうしてイッタラーがまるで自分でモザイクをひとつひとつ埋めるようにして見せた全体像は、ショウダーがカンタロの欠陥品として思い描く姿だった。その姿は、ショウダーがまちがいないと確信するには充分だったが、密告するにはたりなかった。

罠から逃げるチャンスをほんのわずかでもあたえたくない。

ショウダーはあきらめそうになった。だが、十二月二十日、誕生六百四日めがやってきた。

その日の終わりに、ことが起こった。

身の毛もよだつようなことが……イッタラーに調整モジュールを失わせるだけでなく、この件全体にまったくあたらしい次元をもちこむようなことが起こったのだ。

＊

その日の授業を、ショウダーは一週間前から不安に思っていた。

アイシュポンは教師として候補生全員の恐怖の対象だったが、本当に恐ろしいのは、一対一で対峙《たいじ》するときだった。誕生六百四日めは、ショウダーの番だった。判定を控えた候補生は、最高位教育管理官と個別面談して能力を示すのが慣例だった。

しかし、ショウダーの心配は不要だった。アイシュポンの別の一面を知り、信頼するようにまでなった。

アイシュポンは二名だけの会話にナックの哲学表現を入れこむことをせず、ショウダーが強く興味を引かれるテーマを選んだ。

会話のはじまりは質問だった。

「きみは最上級司令本部のことをどういうものだと想像している、ショウダー？」

答えはすぐに口をついた。

「最上級司令本部は銀河系の最上位機関です。すべてのギャラクティカー、すべてのカンタロ、そしてナックもしたがうほどの権力があります」

「そんな答えは誕生三週間のクローンでもできる」ナックは合成音声にあざけりの色を混ぜた。「わたしが聞きたいのは、カンタロの将軍としての私的な見解だ。きみは最上級司令本部をどうとらえている？　つかみどころのないこの総称の裏に、何者がいると思う？」

ショウダーはしばらく熟考してから、本当の意見を伝えることに決めた。

「最上級司令本部は、功労のあるカンタロの戦略参謀官で構成されたものだと思います。おそらくこの首脳部は少数の構成です。十から二十名ほどのとくに能力のあるカンタロだと考えます……たとえ百名であろうと、高貴な輪であることに変わりはないでしょうが。どちらにしても、数のかぎられたかなりちいさな集団であるはずです。なぜなら、効果的に行使するためにも、絶対的な権力は少数の手にあるべきだからです」

「最上級司令本部がナックで構成されている可能性は考えたことがないのだな？」

ショウダーはこんども本当の意見を述べることに決めた。

「それはありえないように思えます。最上級司令本部はそのときの状況に合わせ、現実に即した決断をくだす必要があります。ナックには、われわれカンタロにない能力、高次元の特別な任務には代えようのない能力がありますが、銀河系の支配者としては現実感覚を欠くためあまり適していないでしょう」

「ナックの任務範囲はどこにあると思う？　ひとつ例をあげてみよ」

「ブラックホールの監視であればナック以上にふさわしい存在を思いつきません」

「たいへんけっこう」アイシュポンの声は満足そうだった。本当はどう思っているかは、その顔のマスクからは読みとれない。「最上級司令本部が巷間《こうかん》でどう呼ばれているか知っているか、ショウダー？」

「はい、聞いたことがあります。〝ロードの支配者〟と呼ばれていますが、理由はわかりません」

「きみはその答えとなりうることを口にしていた。われわれナックが五次元のマスターだと先ほど認めたな。ブラックホールに内在する力をわれわれは理解し、使いこなす。そして、こうしたブラックホールは、かつてカンタロが宇宙の遠距離を克服するために使ったスターロードの交差点と制御室になっている。〝ロードの支配者〟という名称がもしかするとそこからきているのではないか、将軍になる者ならば考えてみてもいいはずだ。すべてのカンタロはそこに思いをめぐらせたほうがいいだろう」

アイシュポンは言葉を切ってから、声を強めてつづけた。

「そうすればカンタロはいまほど都合のいい自己評価をせず、ナックにしかるべき価値を認めるかもしれん」ナックはすぐに冷静に戻ると、おちついた声でいいそえた。「実際どうなのかは明確にはいえない。わたしも最上級司令本部の一員でなく、命令を受ける者でしかないからな」

ショウダーはなんと答えるべきかわからなかった。ナックが率直に語ったことに驚いていた。アイシュポンは背骨のないからだを伸ばし、金属の外骨格のみで直立をたもつと、機械式の目で見つめてきた。

「特別扱いされたなどと思うなよ、ショウダー」ふたたび無機質な声で告げる。「わたしの役目は、教育を終えた将軍としてきみを銀河系の任務に送りだすことだ。これには、可能なかぎりの観点を指摘することもふくまれる。組織内のわたしの立場についてもだ」

そこでまた間が置かれ、ショウダーは依然としてなんと答えるべきかわからなかった。

「話をまとめよう」ようやくナックがいった。「最上級司令本部は命令をくだし、われわれはそれにしたがわなければならない。これは、いまの地位にいるわたしにも、最下位の兵士クローンにも該当することだ。以上、きょうは終わりだ」

アイシュポンとの面談を楽しんだものの、解放されてショウダーはうれしかった。ナックのことをどう見るべきか、本当にわからなかった。それでもアイシュポンは、自分も命令を実行する立場だともらしたのだ。命令の意義や意味を考えることなく、正確に実行する立場だと口にしていた。

ショウダーは自室に戻ると、いつもどおり最初に監視装置をオンにした。いまはアイシュポンの発言や示唆《しさ》を考えたくなかった。まずは緊張をゆるめ、全身のモジュールの連携をととのえる必要があった。それには、よく知る敵を監視するのがいちばんいい。

たいして期待しないまま、相手の居室をうつすスクリーンに目をやった。驚くことに、授業のないはずのイッタラーがいなかった。

＊

それがかならずしもなにかを意味するとはかぎらない。イッタラーが教育管理官に呼ばれたり……さらにはアイシュポンと話していたりすることもありうる。

イッタラーは自由時間を教習場外ですごしていることも多い。屋外や大工場の一般カンタロのところなどだ。なぜそんな妙な傾向があるのに管理官たちに不審がられないのか、ショウダーは考えずにいられなかった……そんな関心は将軍候補生にはそぐわないのに。

この理由はすぐに判明した。

イッタラーがどこをうろつこうと、おおよそすぐに突きとめられるからだ。候補生の居場所については正確な記録がとられている。さらに候補生のあいだでは、たがいの行動について、騒ぎをおこすことなく、いつでも知ることができるようになっていた。この監視システムは将来のための修練の一部だった。カンタロの将軍になったあとも、私生活はないも同然なのだ。そんなものがあるのは低層の衝動的な大量品くらいだ。

ショウダーはイッタラーの行動記録を呼びだし、三時間前に戻ってから部屋を出ていないことを知った。

しかし、実際に部屋にいないのだ。

ショウダーはすぐさま、なにか禁止行為がなされていると察知した。これをあばければついにイッタラーをしとめることができる。しかし、監視システムでは不在の秘密を解明できなかった。システム上は、入室しても退室はしていないのだ。

のこされた可能性は、録画を再生して、どうやって部屋を出たか探りだすことだ。

再生しようとしたそのときだった。監視スクリーンが、急にあらわれたイッタラーの姿をうつしだした。予告もなく、唐突に、映像のまんなかにいた。

かれはひとりではなかった。見たことのない存在がとなりにいる。毛むくじゃらの生物で、動物のような姿だが、たんなる動物ではないはずだ。からだに合ったコンビネーションを着ている。ショウダーはこのような生命体を見たことも聞いたこともなかった。サンプソンの住民ということはありえない。この星産出の知的生命体はいないのだ。そして、明らかにギャラクティカーでもなかった。

しかし、その異種族はインターコスモをしゃべった。

「まずはショックから立ちなおって、イッタラー。いつも頭に入れておいてね、ぼくたちは友で、きみのそばにいるよ。またすぐくる」

この言葉とともに、異種族は非実体化した。まるで見えない転送機を使ったかのようにまたたくまに消えた。

ショウダーは茫然とした。

ずっと探し求めた証拠をついに手に入れた。それも、映像と音声で。

録画を巻き戻し、異種族がやってきたところを出す。イッタラーを連れ帰ったときと同じようにあらわれていた。どこからきたのか？

それはいまは重要でない。

まだイッタラーしかいないところで、巻き戻しをとめた。イッタラーはスキャナーを借りだしており、自分の頭部を透視して調べようとしているときに背後から物音がして身をすくませていた。

この物音を起こしたのが、いきなりあらわれた異種族だ。イッタラーは身をひるがえし、侵入者を目にして驚いたようすを見せた。監視されているとは思っていないのだから、この反応は演技のはずがない。とすると、異種族の登場はかれにとっても驚きで、約束してあったわけではないのだろう。

「そんな動転した目で見ないでよ、イッタラー」鼻づらの出た毛皮生物はそういうと、一本牙を光らせた。「ぼかあ異種族だよ。ぼくたち、きみのメッセージをきいてここにきたんだ……」

イッタラーが身を守ろうと動いた。即座に異種族につかまれ、ともに非実体化した。

それから連れ帰られるまで、なにも起こらなかった。一時間以上、不在にしていた。

イッタラーはひどく疲れたようすだった。まるで病気のようだった。ショウダーは候補生が病気になったところを見たことはなかったが。イッタラーは震えて、すっかりとり乱した表情をしていた。なにを体験したのだろう、あれほどひどくこたえるとは？

ショウダーは知りたくてたまらなかった。でも、それはそのうちわかるだろう。最初は、イッタラーの裏切り行為をついに……ついに……証明したということだけが頭にあった。

〝ぼくたち、きみのメッセージをきいてここにきたんだ……〟

この言葉は、イッタラーが異種族たちを呼びよせたことを示している。それがいつ、どこのことなのかもわかっている。

だがふいに、この証拠をどう使うかという問題に思いあたった。イッタラーのもとへ行き、奸計はあばいたと突きつける……それは大きな誘惑だった。ショウダーにとって大きな満足になるだろうし、かかった時間や手間をそれなりに埋めあわせてくれそうだった。

しかし、それはやめた。あまりにも危険だからだ。パニックにおちいったイッタラーがどう反応するかわからない……異種族たちに注意を呼びかけてしまわないかどうかも。そう、自分のことを考えるのでなく、将軍らしく行動する必要がある。報告しなければ……その相手は、最高位教育管理官しか考えられなかった。

＊

ショウダーはすぐさまこの大仕事にとりくみ、すべての映像記録を証拠として持参した。ナックはふつうでない時間にもかかわらず、訪問の理由も聞かずに招きいれた。

アイシュポンは黙ったままショウダーの話を聞いた。終わると、証拠を見せるよう求めてきた。

ショウダーは録画を再生した。

毛皮生物がうつったとき、アイシュポンははじめて反応を示した。

「われわれの手をわずらわせたあのイルトではないか」合成音声でいうと、ふたたび沈黙し、〝あのイルト〟がイッタラーを連れ帰って消えるまでひとことも発しなかった。

「これがイッタラーに対してわたしが集めた証拠です」最後にショウダーは説明した。「これを見れば自明でしょう。イッタラーが離反者、裏切り者、明らかに欠陥品であることを示しています。もはやわたしだけで責任を負えることでなく、報告の義務があると考えました、アイシュポン」

「正しい行動だ、ショウダー」アイシュポンは認めるようにいった。

それからまたじっと沈黙した。そして、咳ばらいかため息のような奇妙な音をもらした。視覚装置をショウダーに向けると、告げた。

「いまのわたしの役目は、なにが起こるかわからないことをすることだ。最上級司令本部の話をしたとき、命令権と服従についてふれただろう。これからわたしのすることは、わたしもまた命令を受ける者でしかないと端的に示す例となる」

「あなたは最高位教育管理官で、サンプソンで命令を出す存在です」とだけ、ショウダーはいった。

「そう見えるだろう。だがわたしには、特定の状況ですべきことが指示されている。今回の件では、用意されたコードで状況報告を作成し、最上級司令本部に送らなければならない。その後なにが起こるかは、皆目見当がつかない。まあ、楽しみに待つことにしよう、ショウダー」

11

惑星サンプソンにきてすでに四日めだが、一行は《クイーン・リバティ》の到着を待つしかなかった。

準備はすべて終わっていた。カンタロの施設をすみずみまで把握し、どこに中央エネルギーステーションや防衛要塞があるか押さえていた。

とくに心配していたのは、サンプソンかニズダ宙域にカンタロの戦闘艦隊がいる可能性だった。もしいれば、《クイーン・リバティ》には面倒なことになる。だが、サンプソンは宇宙方向からの防衛措置はとっていなかった。軌道上には防空要塞群すらなかった。きっとカンタロは、この繁殖惑星の存在を極秘にしておくことが最善の安全保障だと考えたのだろう。

ローダンたちには好都合だった。

ホーマー・G・アダムスが旗艦で到着し、約束の増援を転送機でよこせば、将軍候補生の宿舎へアタックをはじめられる。

すべて計画どおりに進めば、半時間のちには《クイーン・リバティ》に乗ってニズダ星系を離れることができる。カンタロのこぶ型艦が警報で呼びよせられるずっと前に。停留中の《マッカム》はどのみち問題にならない。たやすくアダムスの旗艦の標的になり、飛びたつことすらできないだろう。

それでも、ペリー・ローダンは、できればこの作戦をもうすませてしまいたかった。候補生のカンタロを捕らえることにいくらか期待していた。

その日は、雲のないおだやかな夜だった。動物たちのあいだには、一見おいしそうな外来生物のいる丘は避けたほうがいいという認識がひろまったようだ。初日の夜に、やや大型の肉食獣がエネルギーフェンスに突っこんで以来、夜行性動物は姿を見せなくなっていた。カンタロのクローン工場にも異変はなかった。

サンプソンはあまりにも牧歌的に見えて、銀河系とその住民の状況を忘れてしまいそうになる……もしこれほどつらく心に焼きついていなければ、個人の問題も忘れられただろうに。

ゲシール……モノス……

ひとりになりたかったローダンは屋外に出ていた。丘を三十メートルほどくだったとき、基地の入口から興奮した声が聞こえてきた。振りむくと、ロボットが飛びだして、木に激突したのが見えた。まるでハルト人とぶつかったみたいだと、ローダンは思った。

つづいて、後方の騒ぎから、グッキーの哀願するような声が聞こえた。だれかをなだめるように話しかけているが、詳細はわからない。

次の瞬間、威勢のいい言葉とともに、ヒューマノイドの姿が入口から飛びだしてきた。それはカンタロだった……ローダンが危惧していたとおり。

カンタロが駆けてきて、ローダンはすばやくパラライザーをつかんだ。しかし、それをかまえるより先に、ふたりのあいだにグッキーが実体化した。カンタロはテレキネシスでもちあげられ、どうすることもできずに手足をばたつかせたまま、地上二メートルの位置に浮かんだ。

本当にやったんだな！　怒りと驚きでない交ぜになりながらローダンは思った。

グッキーはカンタロの下に立っている。

「インターコスモがわからないのかい、イッタラー？」上に向かって呼びかける。「ぼくたちは友だってちゃんといったよね。平和スピーカーの壊れた衛星でメッセージを見つけて、きみのためだけにサンプソンにきたんだぜ。アノリーもきてるよ。もうすぐ会える。でもまずはおちついて。悪魔にでもとりつかれたみたいなまねはやめてよ」

カンタロは本当に静かになり、あばれるのをやめた。グッキーはゆっくりと地面へおろすと、テレキネシスの力を弱めて、安全に立たせた。

カンタロはローダンとグッキーを交互に見ている。

「何者だ？」

「われわれはアノリーの友、カンタロの出自となる種族の味方だ」ローダンはおちついていうと、イルトを指した。「グッキーがいままでの流れを説明しただろう。きみのためだけにきたというのは本当だ」

カンタロは拒絶するような態度のままでいる。

「おまえたちは呼んでいない」冷たく告げた。じろじろ見てくるその目は、ローダンからするとすこし敵意がありすぎた。「おまえたちは抵抗者、テラナーだ。銀河系の敵だ。わたしは、おまえのような者たちを殲滅《せんめつ》することに命をささげている。おまえみたいな日和見《ひよりみ》主義者と戦うためだけにわたしは生まれた」

「いまはきみとその議論をするときではないだろう」カンタロの肩ごしに、アノリー三名が地下施設からあらわれるのを見て、ローダンはつづけた。「だが、アノリーと顔を合わせれば、きみの意見が変わるかもしれない」

カンタロは相手が自分の後方を見ていることに気づいた。からだをゆっくり反転させ、相手の視線を追う。

百八十度まわらないうちに、カンタロとはまったく姿のちがうヒューマノイド三名が目に入った。動きの途中でかたまり、ガヴヴァルとデグルウムとシルバアトをただ見つめている。

アノリーは悠然と近づきながら、あたたかくカンタロを見ている。

突然、イッタラーが震えだした。アノリーが一歩近づくごとに、からだの震えが増していく。

ガヴヴァルが立ちどまり、手をあげてほかの二名もとまらせた。カンタロのからだはもう痙攣《けいれん》のように揺れている。

「どういうことだ？」ハロルド・ナイマンが後方から心配そうに訊いた。

「はっきりはわからないが、かれはわたしたちがどういう者か認識したのだと思う」ガヴヴァルは探るようにカンタロを眺めた。

「これはたんなる再会の喜びじゃないよ」とグッキー。「対面は中止したほうがいいんじゃない」

カンタロがまるでスローモーションのようにくずおれた。脚が痙攣のごとく動いてぶつかりあっている。震える腕は硬直して地面に伸びている。顔は蠟のように白く、血がすべて引いたかのようで、目玉はひっくりかえって瞳孔《どうこう》が隠れ、緑がかった光彩しか見えない。

「かれを連れもどせ、グッキー！」とローダン。「なにが起きているとしても、このままでは死んでしまう」

デグルウムが手をあげた。

「いや、それはやめてほしい。痛みはするが、悪いものではない。ただ出自の原記憶がわきあがっているだけです。種族の意識が、人工的に引きおこされるすべての制限に打ち勝とうとしているのですよ。イッタラーにこの原記憶を充分に体験させてあげてください。痛みはひどくても、かれの改悛《かいしゅん》には重要ですから」

その主張が正しいのか、ローダンには疑問だった。イッタラーは倒れこんで、地面にうずくまっている。しかし、見えない目のある顔は、いまもアノリーのほうへ向けていた。

「かれの思考が読めるか、グッキー？」ローダンは訊いた。「なにを考えているか教えてくれ」

ネズミ＝ビーバーは集中し、残念そうに頭を振った。

「イッタラーはもうなにも考えてないよ。最初、ガヴヴァルたちを見たときは、思考がわきあがってた。でもいまは、シントロニクス理性が指揮権をとってるみたい」

「もちろんそうでしょう」とデグルウム。「そうでないはずがない。われわれを主派種族の代表と認識したことを脳プロセッサーが記録したとき、シントロニクスが介入して、身体の指揮権をとったのですよ。かれにそれを体験させ、われわれと話をさせてください」

デグルウムはイッタラーの前に膝をつき、うつろな目をのぞいた。

「われわれアノリーを主派種族と認識したのだね、イッタラー？」思いやるように声をかける。「いまはわかるでしょう、自分がどこに属するかが。そして、きみたちカンタロがむりやりに個性を奪われ、性格の根本をおさえこまれようとしていることが」

カンタロはごぼごぼと音を発し、口から黄色っぽい唾液をたらした。そのようすはいたましかった。グッキーはほとんど懇願するような目をローダンに向け、頭を振った。

「デグルウムにやさしくされるともっと死にそうだよ。かれ、思考生命体じゃなくなってる、もうドロイドですらない。ただのロボットだよ。かれを制御するモジュールのどれかは、かれを殺すこともできるんだよ」

「ここまでだ！」ローダンは最終決断をくだした。「グッキーがイッタラーをただちに連れもどす。かれが回復したら、われわれで対応する」

デグルウムが立ちあがり、ほかの二名へ顔を向けた。シルバアトも異論はなかった。ガヴヴァルだけがいった。

「あせって動かないように、ペリー。かれはわたしたちを認識しています。でも、意識を上まわる原記憶がはげしくわきあがって、およそトラウマ的な崩壊を引きおこしてしまった。わたしたちはここを離れたほうがよさそうですね。こちらの姿が見えなくなるまで待つように。それでかれの状態が変わらなければ、そのとき救助の行動をとればいい。けれど、戻す前に、イッタラーと話すことが肝要になるでしょう……いいですか、それはかれにとって非常に重要なことになります」

ローダンは、基地の入口に消えるアノリーたちを目で追った。その姿は悄然《しょうぜん》として見えた。かれらと会うことが、カンタロにとって死にいたるほどのショックとなったことが耐えがたかったのだろう。

「いいぞ、ちび」ローダンはグッキーに告げた。「われわれを連れて、どこか別の場所へテレポーテーションしてくれ。環境を変えれば、よくなるかもしれない」

＊

グッキーはローダンとイッタラーを連れ、宇宙港のすみ、候補生宿舎の近くにジャンプした。この安易な行動をとがめるローダンの視線に気づき、ネズミ＝ビーバーは弁解した。

「よく知ってる環境で覚醒したら、イッタラーの回復が早くなると思ったんだよ」

カンタロは奇妙な痙攣状態から本当にいくらか回復していた。まだすこし朦朧《もうろう》としているが、からだの制御をとりもどしている。

「気分はどうだ、イッタラー?」ローダンはたずねた。

「からっぽだ、なにもない、くだらなくて無益だ」イッタラーは空《くう》を見つめた。「いまはないんだ、あの焼けつくような、それでいて幸福をもたらしてくれる記憶の痛みが。

なにを感じたか、表現できない。ありうると思っていなかった過去からの流れが、いっぺんに認識できるんだ。なにもかもが教わってきたこととまったくちがう」

「きみはアノリーに会ったのだ。かれらを目にしたことで、これまで知らなかったことを思いだし、これまでの流れを認識したのか？」

「どうやってアノリーがわれわれの祖先だと突如わかったのだろう？」イッタラーは答えの代わりにそう口にした。「ただそれが事実で、ほかはありえないと、どうしてわたしは確信しているのか？　大事なのは、このたったひとつの事実だけだと？　ほかはすべてうそだ」

グッキーは口をはさまずにいられなかった。

「デグルウムのいったとおりだ。カンタロを殺さないものは、カンタロを強くする」

「いまはわれわれをアノリーの友だと……ひいてはきみの味方だと認めるか？」ローダンは訊いた。

イッタラーは驚いたような目を向けた。

「わたしにとって、アノリーの仲間とアノリーそのものに違いはない」世界でもっとも当然のことのように答える。「これ以前のわたしの意見はどうでもいい。いままで知っていると思っていたことは、すべて誤った記憶だ。わたしに意味があるのは、平和スピーカーのメッセージだけだ。まだ知らないことを学びたい」

「あとから学ぶことがだいぶあるよ」とグッキー。

「なぜわたしをアノリーから離した？」移動したことにいま気づいたかのように、イッタラーは訊いた。あたりを見まわし、《マッカム》や候補生宿舎や教育施設などを目にして、急にからだをこわばらせた。「あそこへは戻らない。わたしのいる場所はアノリーのところだ。この苦境から解放してもらうためにかれらを呼んだんだ。アノリーのもとに戻してくれ」

「もちろんそうする」ローダンは請けおった。「われわれがサンプソンにきたのは、きみを連れだすためだ。だが、現時点ではそれは尚早《しょうそう》だろう。まだ準備ができていない」

「なぜアノリーのところにいてはいけないのか？」

ローダンは説明した。

「迎えの船がまだ到着していないのだ。もし宿舎に戻らなかったら、捜索がはじまり、われわれの潜伏場所が見つかってしまう。そんなことになれば、すべてだめになるだろう。きみにはもうすこしがまんしてもらわなければならない。グッキーが、既知の宇宙でいちばんのテレパスかつテレポーターが、つねに連絡がとれるようにして、準備ができたら迎えにいく」

イッタラーはすこし考えてから、同意するようにうなずいた。

「だが、必要以上に待たせないでくれ」そしてすぐにつけくわえた。「そちらがわが種族の敵であることはわかっている。けれど、アノリーへの帰属意識からわたしが裏切り者になったと思うな。わたしにとっていちばんに大事なのは、ある種のよくない状況をあばき……みずからの種族を救うことだ」

「おたがいの立場をはっきりできるな」とローダン。「だれかを害することはわれわれのめざすところではない。こちらにとっても大事なのは、ひとつの銀河全体の住民を束縛する現在のよくない状況をとりのぞくことだけだ。そう考えると、双方のめざすところはそれほどかけ離れていない。そしてわたしは、さらに対話を重ねれば、おたがいもっと近づけると確信している」

「このへんで部屋に戻るのがいいかな、イッタラー」ローダンの話が終わってから、グッキーがいった。

「アノリーのもとに残れる可能性は本当にないのか？」カンタロは同輩のところに戻るのを防ごうとした。「かれらと話しあうことはたくさんあるのに……」

「その機会はこれから充分にある」とローダン。「グッキーがつなぎ役を果たすよ」

テレポーテーションするためにカンタロに手を伸ばし、イルトは非実体化した。すこししして単身で戻ってくると、不平をもらした。

「ほかにだれかいないときも、たまにはぼくのことほめてくれると、すごく感じがいいんだけどね……相手をその気にさせようって魂胆がないときもさ」

「ほめる理由がいまはまったくないだろう。むしろ叱責の理由になるぞ、グッキーが招いた面倒、いや、連れてきた面倒は。そういう軽率な行動がマイナスに作用しないことを願うしかない」

「本当はぼくにしかいちゃもんつけられないこと、知ってるもんね」ネズミ＝ビーバーは憎まれ口をたたいた。「ここに置いていってやりたいよ、ぼくの助けなしでどうするか見るためだけにさ」

しかし、グッキーはそれを実行せずに、ローダンを連れて戻った。

戻ってすぐ、ナジャ・ヘマタから報告があった。コード化された通信がカンタロの通信ステーションを出て、銀河ウエストサイド方向へ飛んだという。同時に、敷地全体で兵士たちの大々的な動きが確認された。その部隊の構成はロボットとクローン工場のカンタロ。「通常の出動にも見えますが」といってから、ナジャは思案した。「イッタラーがきたことと関係あるのでしょうか？」

ローダンは目でグッキーを探したが、ネズミ＝ビーバーはすでにそっと姿を消していた。

12

ペリー・ローダンはみんなと話しあった。

状況が変わり、本来の計画を実行できなくなったことはだれの目にも明らかだった。そのため、以下のように変更することで話がまとまった。《クイーン・リバティ》が惑星サンプソンの上空にやってきたら、ロボット一体を転送機で送り、ホーマー・G・アダムスに状況報告をおこなう。アダムスには、たてつづけに陽動作戦をしてもらう。《クイーン・リバティ》が着陸をこころみているように見せかけるのだ。相手の注意がそれて、そちらに力を集中させるだろう。

どのくらいの陽動作戦をおこなうかは、前もって決められない。《クイーン・リバティ》のリスクはごくわずかだと考えられる。高性能なヴァーチャル・ビルダーを使えば、リスクは許容可能な最低限におさまる。

この戦略がうまくいったら、できればカンタロに気づかれないようにして、搭載艇二隻で上陸部隊を投入させる。上陸部隊はローダンの特務グループに加勢し、さらなる陽動作戦をおこなう。ローダンは搭載艇の上陸場所として、数キロメートル離れたふたつのポイントを量産クローン工場の南にしるした。これで相手の注意を誤った方向へ向けさせる。

「この二隊が南に移動しながら戦うあいだに、われわれが宇宙港横のエリアに両側からアタックする。将軍候補生が住むエリアだ」ローダンはさらにつづけた。「将軍候補生はとくに守られているだろうから、のこりのロボット四体に先陣を切ってもらう……宇宙港の方向からがいちばんいい。これによって、行動の余地がさらにいくらかひろがる。だが、結局は、われわれの側面からのアタックも陽動作戦にすぎない。もっとも責任重大なのは、友グッキーだからな。われわれが相手に息をつかせないようにしているあいだに、わが友グッキーには、将軍候補生たちのところへテレポーテーションし、次々とこちらの基地に連れてきてもらう」

「なんですって、八名全員？」ナジャ・ヘマタが驚いた。「どうやってあの猛者たちをおとなしくさせるっていうんです？　成体のカンタロだってこと忘れたんですか？」

「みんな自分から手をつないでくれたりしないよ」グッキーも訴えた。「ずたずたにされるってば」

「どうやっておとなしくさせるかはきみの問題だ、友グッキー」ローダンは冷たくいった。「この面倒を招いたのはきみなのだからな」

「もう、わかったよ。どうにもならなかったら、手荒くやるからね」

「わたしとしては、もし機会があるなら、カンタロのリーダー層をなるべく多く捕まえようとするほうがいいと思ってね」ローダンは策の説明をした。

それ以上の異論はあがらなかった。アノリーはこのアイデアに感激してさえいる。イッタラーが得られるだけでなく、もっと多くの者たちを転向させられるかもしれないのだ。

「調整モジュールをひとつずつとりのぞく時間はもちろんありません」ハロルド・ナイマンがいった。「でもとりあえずは、ヴィッダーが開発した神経ガスで麻痺させれば充分でしょう。意識はあるが、戦闘不能の状態になる。一時的な収容場所の問題は、倉庫に防御装置をつけて、いくらか逃走しにくくしておくことで解決できます。盗聴器もつけておいたほうがいいでしょう」

「ではすぐに仕事にかかってくれ！」ローダンは声をあげた。アノリー三名に顔を向ける。「きみたちには、捕らえたカンタロを転送機で《クイーン・リバティ》に送れるようになるまで見張ってもらいたい」

「その任務、喜んで引きうけましょう」とデグルウム。「しかし、われわれがいないと作戦の要員がたりないのでは、ペリー」

「グッキーとハリーとわたしが片側から、ナジャとガリバーとティリィが反対側から行けば、たりるはずだ。カンタロと本当に戦いたいわけではなく、いちばんの責務を負うわが友グッキーの援護射撃をしたいだけだからな」

「こんどのそれはなんなのさ、〝わが友グッキー〟ってのは？」さもいやそうにネズミ＝ビーバーが訊いた。「形式主義にでもはまってるの、ローダンおじさん？」

ローダンは顔が笑いそうになるのをおさえ、真剣を装っていった。「きみの名誉が挽回したら、また親密な話し方ができるぞ」

「将軍候補生を八名さらってくるなんて、子供の遊びみたいなもんだよ！」グッキーは大口をたたいた。

《クイーン・リバティ》が到着し、連絡してくるはずの時間は、刻一刻と近づいている。ハロルド・ナイマン、ガリバー・スモッグ、ティリィ・チュンズは、時間に追われながら、ロボットとともに倉庫の改築にあたった。

ローダンは、伝達役のロボットにたくすアダムスへの指示をまとめた。すべては急速に進むのだから指示は簡潔でなければならないが、重要な情報が完全に入っている必要がある。この急ごしらえの作戦でとくに大事なのは、正確な合意と適切なタイミングだ。

もうひとつ大事なのが、《クイーン・リバティ》が陽動作戦から退却したあとに、正確に計算した円軌道に戻ることだった。それによって、ローダンの特務グループが転送機で移動することができるようになる。退却のタイミングは状況しだいできっちり決められないため、《クイーン・リバティ》は特定の間隔で転送を受けいれられる位置にいなければならない。

時間は飛ぶようにすぎた。

収容室ができ、二班にわかれた特務コマンドがセランを装着するのと前後して、ナジャが《クイーン・リバティ》から約束のコードを受けとった。

すべての情報と計画をたくされたロボットが、転送機でアダムスの旗艦に送られる。ナジャは通信センターをガヴヴァルに任せ、ティリィとガリバーとの任務に向けて支度した。

のこりのロボット四体は宇宙港方向へ送りだされた。四体は、損壊をかえりみずに炎の魔法を実演するようプログラミングされている。とはいえこのプログラミングが実行されるのは、《クイーン・リバティ》の搭載艇から着陸のインパルスが届いたあとだ。

「幸運を祈っています」基地にのこるアノリーが伝えた。

ローダンがナイマンとグッキーに出発の合図を送る。三名はグラヴォ・パックを使って西へ向かって飛びたった。

「そのまま目的地に連れていけるよ」飛びながらグッキーが申しでた。「そっちのほうがずっと楽でしょ、ペリー、そう思わない？」

「あとのために力をとっておけ、わが友グッキー」

＊

敷地に着いたとき、カンタロのロボットパトロール隊をかわす必要があった。ロボットに早めに気づいたため、探知されずにすんだ。さらにドーム形の防衛要塞を回避し、五メートルの高さのあるエネルギーフェンスにたどりついた。フェンスは、将軍候補生用工場を五百メートルの範囲で囲っている。技術装備の侵入者に対する特別なバリアではない。どうも動物対策でしかないようだ。

「わからないな、どうして効果的な防御バリアで候補生たちを守らないんでしょう？」ナイマンがいった。「文字どおりトレイにのせてさしだしているとは思えませんが」

「われわれの知らない防御システムがあるのかもしれない」とローダン。「もしくは、もっと安全な場所にすでに連れだしたか。すぐにわかる」

「候補生たちは教育施設に集められてるよ」グッキーが説明した。「イッタラーの思考しか読めないけど、ほかはシントロニクス脳プロセッサーを介在させてるから。でも、そのせいでよけいはっきりわかる。イッタラーは明確に文にしてくれてる。ぼくに情報が届くように」

ナイマンはローダンが質問すると思ったが、なにもいわないので自分で訊いた。

「イッタラーの思考から、今回の警報の理由もわかるか？」

「もちろんだよ。かれは協力者だってばれてる。でもいまのところ、候補生たちからさげすまれる以外は、制裁を受けてない。みんなと同じ区画に入れられてる。いつでもテレポーテーションして、さらってこられるよ」

「それにはまだ早い」ローダンは短くいった。「打ちあわせた合図まで待つんだ」

打ちあわせでは、両グループが敷地に進出するのは、ロボットたちが砲撃を開始してからだった。そして、ロボットたちの砲撃は、《クイーン・リバティ》の搭載艇から着陸のインパルスが届いたあとにはじまる。

突然、周辺に散在する防衛要塞が発砲しだした。あらゆる方向から、ビームが指のように天に伸びる。

「《クイーン・リバティ》だ」とナイマン。

施設の上空が騒乱におちいり、つきることのないような鬼火につつまれる。だが、数分後にはすべてが静まった。防衛要塞が発砲をやめた。

「あたってない」ナイマンが安堵していった。「ヴァーチャル・ビルダーがうつしだす《クイーン・リバティ》の幻影だけを撃ちまくったようだな」

「待機しよう」とローダン。「もうすぐ出番だ」

その言葉が終わらないうちに、宇宙港の方向からビームの嵐が起こった。ロボットたちが約束のインパルスを受けとり、砲撃を開始したということだ。これは出動の合図でもある。

ほぼ同時に、その向こうからも砲撃があがった。ナジャとガリバーとティリィが担当する側だ。

「グッキー、いいぞ、さらってこい」ローダンはネズミ＝ビーバーに告げながら、グラヴォ・パックをオンにし、エネルギーフェンスを越えていった。

「名誉挽回するまで親しげな呼び方はやめてよ、ローダンおじさん」イルトはとがめるようにいうと、非実体化した。

ローダンとナイマンはぴったり並び、木々のない敷地の上を飛んで、候補生用クローン工場へ向かった。左からロボットの一群があらわれ、攻撃してくる。ローダンは下降して回避する。最初の何発かは防御バリアがはねのけ、ローダンは反撃してから、地面の隆起に身を隠した。ナイマンはまだジグザグと飛び、クローン工場に着いて安全な隠れ場を得た。しかし、どことなく、最後は急降下したように見えた。

「そちらは大丈夫か、ハリー？」ローダンは通信を介して訊いた。

攻撃の合図とともに、通信禁止も解除されている。もう身を隠すことを気にする必要はない。

「わたしはまったく無傷です」ナイマンの答えがヘルメットの受信機に届く。「ただグラヴォ・パックがすこしやられました。ロボットを破壊して援護します」

その直後、先陣を切ったロボットたちの場所で爆発が起こった。

ローダンが顔を出すと、煙のあがる残骸しかのこっていないのが見えた。クローン工場へ向かい、出入口の左に立つナイマンに追いつく。そのナイマンは手で合図をよこしてから、出入口を砲撃し対消滅《ついしょうめつ》させた。

「よすんだ！」警告はすでに遅かった。

縁がまだ赤く燃える出入口の穴を跳びこえ、姿が見えなくなる。ローダンは速度を落とさずに飛び、防御バリアをオンにしたままあとを追った。背後で、防衛要塞がふたたび発砲しだしている。

クローン工場の内部にたどりついたとき、爆発が起き、ホールのうしろの壁が文字どおり一掃された。閃光のなかに、争うふたつの姿が見えた。ずんぐりしたヒューマノイドが、よろめきながら立つもう一方に飛びかかるのが見えたのだ。

ハロルド・ナイマンが、カンタロにはがいじめにされていた。一対一の戦闘では、テラナーのかれにわずかなチャンスもない。カンタロのほうがすべての点でまさっている。ローダンのいるところからは介入できない。ビームがナイマンにもあたる恐れがある。

突然、ナイマンが床に倒れ、カンタロが死の一撃をくりだそうとかまえた。これがローダンの格好の的となり、すぐさま発射した。カンタロは致命傷を受けて床に沈んだ。

「ありがとうございます」ローダンが向かうと、ナイマンがいった。確認したところ、セランの左大腿部がやぶれ、深く開いた傷口から血があふれている。傷については告げないまま、けが人を立たせ、安全な隠れ場に飛んだ。そこでひとまず止血用バイオプラストを貼った。

「すこし軽率すぎたようです」ナイマンは顔をしかめてうすく笑った。「でも、こんなかすり傷どうにかなると思いますよ」

「すぐに縫いあわせてやる。でもいまはここから出られるようにしなければ」

「わたしを置いていったほうがいいでしょう、ペリー。まずは自分の安全を確保してください。あとで迎えをよこしてくれればいいです」

「なんともナンセンスな提案だな。グッキーの仕事が終わっているころだ。合流するまでもう長くはかからない」

外で、防衛要塞がみたび発砲しだした。つまり、《クイーン・リバティ》がまた着陸態勢を装い、猛烈な対空攻撃を回避しているということだ。

防衛要塞のエネルギー砲がやんだ。だが、地上戦はそこここでまだつづいている。ずっと南の量産工場のあるあたりがいちばんはげしく、ひっきりなしにエネルギー銃の嵐が生じ、空をおおう雲に不気味に反射している。

「任務完了」グッキーのいつもの声が、ふいにローダンの背後で響いた。近づいてくると、ナイマンの傷を見て、驚きで息がつまったような音をもらした。「どうやってこんなんなったの？」

「カンタロと熱い抱擁をした記念だよ」ナイマンはにやりと笑った。「相手がちょっとだけ情熱的すぎてね」

グッキーの姿を見てほっとしたローダンは、遅かったと責めるのはやめにした。決めておいた周波数に通信機を合わせ、作戦の即時停止と基地への帰還を伝達する。

「次に《クイーン・リバティ》がきたときに撤退する」そういいそえてから、グッキーに訊いた。

「ハロルドを基地に連れていく力がのこっているか、ちび？」

「もうひとり追加しても平気だと思うよ、ペリー」答えたグッキーはふたりの手をとり、地下基地へジャンプした。

そこには、まがまがしい驚きが待っていた。アノリーは完全に混乱し、状況を説明するまともな言葉を出せなかった。

「すでにかれらの六名がやられました」やっとシルバアトが言葉にした。

基地のどこかから、にぶい爆音が響いた。

それを聞いたデグルウムがいった。「これで七名です」

13

ショウダーは、有効な対抗措置もとらずに、自分たちが適当に扱われていることが理解できなかった。アイシュポンによって、候補生たちは教育施設の安全区画に連れていかれた。イッタラーもいっしょだった。

アイシュポンと兵士クローンの派遣隊だけが施設の警護にあたっていた。かれらは参戦せず、攻撃者への反撃はロボットにやらせている。ショウダーの見たところでは、攻撃者はまったく強くなさそうだった。組織して反撃すれば、かんたんに打ち負かせるはずだった。なぜ弱い部分に兵力をあてて迎撃しないのかよくわからない。

どことなく、防御も候補生の保護も中途半端《はんぱ》な措置のように見えた。まるで、責任者にとって候補生の安全などどうでもいいかのように……あるいは、攻撃者に安全だと思わせてから、隠しておいた武器で殴りかかる偽装工作のように。将軍になる者として、ショウダーにはほかの戦略の可能性は思いつかなかった……おそらく攻撃者を罠にかけたいだけなのだろう。

最上級司令本部からどのような特別策を受けたのか、アイシュポンに訊きたかったが、その機会はなかった。ナックは候補生の保護を手配してから姿を消していた。

だが、ここがどれほど〝安全〟なのかは、自分たちのまんなかにふいに〝あのイルト〟があらわれたことでわかった。

候補生の一名が防衛に動く前に、毛皮生物が擲弾《てきだん》を発射し、即効性のガスがもれでて神経系を麻痺させた。生体の身機能がとまり、完全技術モジュールだけが機能をのこす。ショウダーも、みんなと同じく完全に動けなくなった。モジュールとシントロニクス脳プロセッサーの助けで、見て聞くことはでき、明晰に考えることもできたが、みんなと同じく〝あのイルト〟に連れていかれた。

一名だけが神経ガスの犠牲にならなかった……イッタラーだ。毛皮生物はイッタラーが麻痺しないうちに手をとっていっしょに消えた。このあいだに、教育管理官のだれかがようすがおかしいことに気づいて見にきてくれるよう、ショウダーは願った。

でも、そんなことは起こらなかった。

代わりに、毛むくじゃらのテレポーターがすぐまたあらわれ、候補生二名をつかんでどこかに非実体化した。それがくりかえされ、ショウダーとグリーチナの番になった。あとはいちばん若いエジギーノだけだった。

移動したことはほとんど感じなかった。先ほどまで教育施設の共同ルームにいたのに、次の瞬間には、惑星地殻を融解させた円天井の部屋にいた。

テレポーターは最後にエジギーノをこの収容室に連れてくると、イッタラーのほうを向いて、インターコスモで話しかけた。

「よければここから出してアノリーのところに連れていくよ」

「アノリーがこちらにきてくれたほうがありがたい」答えながら、イッタラーはショウダーを見た。「かれらを見れば、同輩の悟性も開くかもしれない。みずからの系統の記憶をわたしと同じ程度に受けとってほしいんだ」

「いいよ」毛皮生物はドアから出ていった。

イッタラーはふたたび同輩たちへ顔を向けた。

「きみたちはこれから言葉にできない体験をする」話しながら、ふたたび視線がショウダーにとまる。テレポーターが出ていったドアを示して、つづけた。「このドアから、アノリーを名乗る種族の代表三名がやってくる。平和スピーカーを作った者たちだよ。あのメッセージは邪教的だ、たんなる虚言プロパガンダだと、われわれは聞かされた。でも、わたしは知っている、かれらの語ったことは真実なんだ。かれらを見れば、きみたちもわかるだろう。われわれカンタロはアノリーの系統を引く。ほかはすべてうそだ」

ドアが開いた。ショウダーは身じろぎもせずに見つめた。ところが、アノリーひとりの姿も見ないうちに、グリーチナが爆発した。文字どおりからだが張り裂け、むごいありさまだった。ほかの者に被害はなかった。候補生を犠牲にした爆弾の威力はそれほど強くなかった。

イッタラーはそこから反対側の壁まであとずさり、茫然と口にした。

「グリーチナの〝シナウィ〟がつきた。だれかが寿命時計をとめたんだ」

その奇妙な言葉が終わらないうちに、次の候補生が爆発した。

イッタラーは絶叫してドアに突進した。「助けて！　われわれを守ってくれ！」通廊へ向かって叫ぶ。「同族に遠隔起爆で殺される」

裏切り者め、そうショウダーは思った。信頼して身をゆだねたその相手が、いまわれわれを冷酷に殺しているんだ。

思ったことをぶちまけて、いいかげんイッタラーの目を覚まさせてやろうとした。だが、まだ完全に声が出せず、舌足らずの音がもれただけだった。

イッタラーがわきにどき、三名のヒューマノイドを通した。かれらは大きかった。カンタロよりもずっと背が高く、細くて華奢《きゃしゃ》だった。細長い頭には髪がまったくなく、後頭が突きでている。口が比較的大きい者の左耳たぶに、クリスタルの高性能マイクロシントロニクスがついていることに、学習を積んだショウダーはすぐに気づいた。

ショウダーは三アノリーの姿を見て意思に反して魅了されたが、イッタラーが宣言したような体験は得られなかった。カンタロとあまり似ていないため、自分たちの主派種族であるとはやはり思えなかった……これならテラナーのほうがまだ検討の余地がある。

「言葉もないほど申しわけない」耳にマイクロシントロニクスをつけたアノリーがいった。「そして遺憾です。きみたちを助けることができない」

「おまえたちが……やったことだろ」ショウダーの口から言葉があふれた。けれどそれは、みずからの確信というより教えこまれた考えだった。実際は、意見がゆらいできていた。アノリーには、信頼を感じさせるなにかがあり、さらに説明できないなにかがあった。どちらにせよ、不安定なイッタラーが引き寄せられたことをもう不思議には思わなかった。

「ちがう、そんな考えを信じてはいけない」別のアノリーがいった。「きみたちが自分をとりもどすのを助けたいだけなのです」

「きみたちもきっと感じているだろう……」イッタラーが話しはじめた。言葉はそれ以上つづかなかった。爆発したのだ……エジギーノとほぼ同時に。

これが決定的な体験だった。ショウダーはなにが真実か認識した。

*

ショウダーは言葉を完全にとりもどしていた。そしていま、おそろしい認識の瞬間に頭に浮かんだことを、かたっぱしからわめきつづけている。

イッタラーの無惨な死は、アノリーが真実を語っていたことをショウダーにも証明した。カンタロのなかで唯一の味方を、かれらが殺したりはしないだろう。そもそも、あんなにむごたらしく命を奪うことはかれらにはできない。

生きている同輩があと一名しかいないがらんとした部屋に向かって、ショウダーはわめきつづけた。

イッタラーの裏切りの証拠を渡したとき、アイシュポンが告げた言葉が頭に浮かぶ。驚くほどあけすけに、自分も命令を受ける者でしかないと認めていた。そして、なにが起こるかわからないコードを送る義務があるともいっていた。

そのコードがどんな事態をもたらしたか、わかった気がする。それは、候補生にとっての死のインパルスと同じことだ。

最上級司令本部が……〝ロードの支配者〟、あのくそったれどもが……全員をむごたらしく処刑する命令をくだしたにちがいない。おそらく、イッタラーのいったとおり、命を破壊することができる〝シナウイ〟がみんなに内蔵されているのだ。

ショウダーは収容室のなにもない壁にわめきつづけた。思考を吐きださずにはいられなかった。頭に浮かぶことをすべてわめきちらさずにいられなかった。それは、自分に向かってする懺悔《ざんげ》のようなものだった。生涯の誤りを自分に告白しないではいられなかった。

途中で一度、声のヴォリュームが大きくはねあがった。生きのこった最後の同輩が爆発した瞬間のことだ。

こんどは自分の番だと頭に浮かぶ。

無慈悲な無化・隠滅装置の最後の犠牲者が自分であることが、だれによるものなのか、わからなかった。もしかするとアイシュポンの慈悲によるものなのか？　あるいは、こちらを長く苦しませまいという執念によるのか？　だがおそらく、候補生の運命には、アノリーと同じようにアイシュポンにも責任はないのだろう。

こうしたことをショウダーは声をかぎりに叫んだ。

急に目の前に〝あのイルト〟が立った。

「きみを安全なところに連れていけるかもしれない」と、話しかけてきた。しかし、突然、その顔に驚愕の表情が浮かんだ。ショウダーにはわかった。なんらかの能力がテレポーターに死のインパルスを知らせたのだ。

胸に衝撃を感じた。爆発で壁に叩きつけられ、その後ゆっくりとからだが前に傾《かし》いでいく。胸で爆発があったのにまだ意識がある。生命維持モジュールがフル回転で働き、死にあらがっているようだ。

いずれにせよ、自分がまだ生きていることを、ショウダーは唖然としつつ認めた。

倒れていくところをテレポーターに受けとめられた。感覚が弱まりだす。自分の死を感じた。

「呪われろ、ロードの支配者め、われわれを死に送ったあいつら！」ショウダーは消え入りそうな声で叫んだ。

まだ感じとれたのは、だれかが駆けこんできて大声をあげたことだった。

「《クイーン・リバティ》が戻ってきた。そのカンタロとすぐに船にジャンプしろ、グッキー。もしかしたら医療班が……」

闇に包まれる前、最後に思った……グッキーというのか、〝あのイルト〟は。

14

全員が船内に引きあげると、《クイーン・リバティ》はニズダ星系を離れ、超光速航行に入った。ヴィッダー船の向から先は、ホーマー・G・アダムスひきいる銀河抵抗組織のあらたな惑星基地、ヘレイオス。

惑星サンプソンには装備だけをのこし、基地の撤退後に遠隔操作で爆破しておいた。計画は深刻な損失なく完了した。あったのは、ハロルド・ナイマンの負傷だけだった。

ペリー・ローダンは、医療ステーションで治療を受けたばかりのナイマンを訪ねた。

「ぐあいはどうだ、ハリー？」

「そんなにひどくはありませんよ」《カシオペア》の格納庫チーフは答えた。「あのカンタロには、太ももからこぶし大の肉をもっていかれて、骨もちょっとやられましたけど。すばやい治療のおかげですぐになおります。次もまたカンタロとダンスできますよ」

「次はもうすこし気性のはげしくない相手を選ぶんだな」ローダンは冗談に乗った。

「隣室のかれのほうがぐあいがよくないんじゃないですか」そういうナイマンの言葉は、となりの集中治療室に運ばれたカンタロのことを指していた。

「かれは生きのびるよ。すくなくとも医療班は、救えるという見解でいる。ほかの者の死体を見たら、ほとんど奇蹟といえるな。候補生たちを殺したなにかは、あのドロイドでは威力が弱かったか、いわば不発弾だったらしい。そう考えると、きっとかれもまたイッタラーのように欠陥があったのだろう」

「爆発前、かれがずっと話しつづけていたと聞きました」とナイマン。

「きみがしかけておいた盗聴器のおかげで、すべて記録できた。まだ翻訳は終わっていないが、これまでの解析からいくつかのことがうかがえる。あの将軍候補生の名前はショウダー。どうやら、死に直面して一種の懺悔をしたかったようだ。意識が戻っても話し好きであることを願うよ」

アダムスが入ってきて、ベッドの反対側に立つと、はげますようにナイマンと握手した。カンタロによる弾圧の六百五十年のあいだに戦士の性質を得た、小柄でいびつなからだのかれは、会話の最後を聞いていたらしく、こういった。

「ショウダーがまさにいま意識をとりもどして、とうとう語っていますよ。かれが語ることに興味があると思いましてね、ペリー」

「わたしもあります」とナイマン。「わたしには聞かせないなんて、なしですよ」

「情報はちくいち共有する、ハリー」と、ローダンは請けおった。「いまわかっているなかで注目すべき点を伝えておこう。既知のとおり、カンタロは厳格に軍事的に組織されている。ショウダーはあと数週で、教育を修了した将軍として任用されるはずだった。かれは戦略参謀官になろうと懸命だった。いちカンタロが到達しうる最高の地位だ。だが、さらにカンタロの戦略参謀官の上に立つ最上級司令本部というのがある。この最上級司令本部のことをショウダーは〝ロードの支配者〟とも呼んでいた」

「ブラック・スターロードの未知の建設者たちのことをアノリーもそう呼んでいたじゃないですか」ナイマンは思わず声をあげた。「なんらかの関連があるんでしょうか？　非常に力のあるらしいモノスという単体とどうつながるのでしょう？」

「なんだかんだと考えこまされるな」ローダンは認めた。「だが、それで頭を悩まさず、まずは元気になることだ」

ローダンはナイマンの病室を出ると、アダムスとともに集中治療室へ向かった。

＊

船医やロボットアシスタントたちに並んで、グッキーもそこにいた。ネズミ＝ビーバーはカンタロに語りかけているところだった。「そんないっきに話さなくていいよ、ショウダー。サンプソンで打ち明けたことはぜんぶ、録音してあるんだ。もうすこしで解析がすんだら、いろいろ訊くから。あの瞬間を思いおこさないほうがいいよ」

「だが、わたしが語ることはきみたちにとって重要だろう」近づいていくローダンの耳に、カンタロの声が届いた。くせのないインターコスモを話している。「これ以上、自分のなかにかかえておきたくないんだ」

「ぼくならきみの頭から情報をみんなとってこられるよ」グッキーは申しでた。

「それじゃちがうんだ」あらがうドロイドの姿は、医療機器のバッテリーに隠れて頭しか見えない。

グッキーはローダンに気づくと、助けを求めるように顔を向けた。

「ショウダーの話す意欲が、ほんと不安になるくらいだよ。まだ完全に峠を越してもないのに」

アダムスが船医と短く言葉を交わし、ショウダーに告げた。「それで楽になるなら話しなさい」

「どうも」その後、ショウダーの口から言葉があふれた。「将来の将軍であるわたしは、有用な機密保持者だ。宇宙戦略、艦隊の振りわけ、戦隊の移動、直近の出動についてかなりの部分を知っている。それに応じて決断をくだすために、将軍は知っておく必要があるんだ。こうした情報をすべて提供する」

「協力すると決めてくれてうれしいよ、ショウダー」ローダンはいった。

「協力するのは、〝ロードの支配者〟が、将軍であるわれわれにふさわしい敬意をはらわなかったからだ」ショウダーはうらめしそうな声を出した。

アダムスが言葉をはさんだ。

「録音からすると、きみはロードの支配者の正体を知らないようだな。それは本当なのか、それとももうすこしいえることはあるか？」

「最上級司令本部がどういうものか、だれも知らない。ロードの支配者の一員と顔を合わせたことのあるカンタロはいない……ただし、選ばれた戦略参謀官がこの高貴な輪に引きあげられるなら別だ。ロードの支配者は陰で行動している。これがかれらの強さの本質だ。だが、いまわたしが伝えたいのはこれではない」

「どんな情報をくれるのだ？」ローダンはたずねた。

「わたしの知る直近の出動があると、先ほど話しただろう。そのうちのひとつは、すぐ間近に迫っているだけにきみたちにとって非常に重要だと思う。つい二、三日前に教習会で知ったばかりのものだ。ロードの支配者は懲罰コマンドを送ることに決めた。懲罰コマンドの任務は、自由商人のフェニックスという基地を殲滅する……」

「その殲滅作戦はいつの予定だ？」ローダンは急《せ》きこんで訊いた。一分一分が自由商人のこの先の運命を決めかねないように思えた。

「正確な日付はあいにく知らされていない。しかし、フェニックスを救いたいなら、迅速に行動する必要がある。いちばん確実なのは、基地の撤収だろう。こうした作戦にはたいてい強力な連合艦隊が投入される」

「教えてくれてありがとう、ショウダー」

「正直なところ、きみたちやアノリーのためというよりは、ロードの支配者の思いどおりにさせないためだ」カンタロは認めた。

＊

フェニックスへの襲撃という情報は、ローダンの頭のなかで時限爆弾のように存在を主張した。ヘレイオスに着いたらすぐ、自由商人の惑星への遠征にとりかかることに決めた。

ところが、ヘレイオスに着いたところで、悪い知らせが通信で届いた。遠征のために至急必要だった《オーディン》が基地にきていないというのだ。その理由ははっきりわからなかった。さらにローダンにもうひとつ伝えられた。アンブッシュ・サトーは《カシオペア》で戻っていて、早急に話をしたがっていると。

「いますぐ話せる」ローダンはいった。《オーディン》がヘレイオスに着くまで待つ気はなかった。

フェニックスの亡霊

クルト・マール

登場人物

ペリー・ローダン……………………銀河系船団最高指揮官
ノーマン・グラス……………………《オーディン》首席操縦士
イルミナ・コチストワ………………メタバイオ変換能力者
アンブッシュ・サトー………………超現実学者
ロワ・ダントン………………………自由商人のリーダー。ローダンの息子
ロナルド・テケナー…………………同リーダー。通称スマイラー
ジェニファー・ティロン……………テケナーの妻
フロダー・ハギンス…………………自由商人
プラドゥ・メン・カアン……………同。探知スペシャリスト

プロローグ

彼女は入江の静かな青い水を見おろした。のどかな光景だった。日光にあたって白い砂がきらめいている。椰子《やし》に似た高い木が、砂浜にそって並んでいる。小都市マンダレーの正午だった。しかし、この若い女性の思いははるか遠くへ、衛星カロンやステュクス、惑星ポルタやウルティマへ向かっていた。目が伝えようとする平和な映像を、理性は事実として受けいれなかった。のどかな静けさは、欺瞞《ぎまん》だった。いまは先のしれないときで、ジェニファー・ティロンの思いが向かう男性は、危険なミッションに出ているところだった。

自由商人の惑星フェニックスは、数カ月前から警戒態勢にある。カンタロの攻撃にいつさらされてもおかしくない。銀河系の圧制者は、抵抗組織の基地がどこにあるか知っている……ここ、セレス星系の第二惑星に立ちよったイホ・トロトから報告を受けて以降、それは疑いようのないことだった。あとはもう時間の問題で、いつカンタロの戦闘艦隊がフェニックス上空にあらわれるのかというだけだった。

ロナルド・テケナーは、衛星カロンとステュクス、惑星ポルタとウルティマにある防衛施設の迎撃態勢をたしかめてまわっていた。惑星間宇宙ですごす一分一分が死の危険を意味する。カンタロがくるなら、ハイパー空間から嵐のように一挙にあらわれるだろう。その重砲のすさまじい威力に対して、たった一隻の船に生きのびるチャンスなどない。

自由商人はここ半年のあいだに超人的ともいえることをなしとげていた。ステュクスとポルタとウルティマの防衛要塞は、最新技術の装備に替えた。宇宙戦闘機部隊には、ヴァーチャル・ビルダーとマキシム＝探知システムの最新版をとりつけた。これだけ厳重に備えれば、カンタロが襲ってきても防衛できるはずだと、テケナーたちは確信していた。もちろんその前提には、カンタロが力を集中させて攻撃してこないことが条件になっていた。だがそれはないだろうというのがテケナーの意見だった。相手は技術的に優位にあると自覚しているから、フェニックスを襲撃するのにそれほどの……そう、五十から六十隻以上の艦を使ってはこないだろう、と。

ジェニファーは、その楽観にしたがったほうがいいのかわからなかった。自由商人が襲撃に備えていることは、カンタロにしても想定内のはずだ。リスクをおかすのはかれらのやり方ではない。冷静に計算し、偶然に任せたりしない。フェニックスを襲うのなら全力でやるだろう。防衛施設を強化し改良したテケナーたちの努力が、結局はむだだったと判明することだって充分にありうる。

なんだかおかしい、とジェニファーは思った。迫りつつある災《わざわ》いを想像しているのにあまり気持ちが動かない。命を軽く見ているのだろうか？　そんなはずはない。けれど、ここ何カ月のあいだで、ある種の運命論が身について、変えられないことに対して気を高ぶらせられなくなっていた。長年つづいた待つ時間が、心を鈍化させていた。敵はあいかわらず手強《てごわ》いようすを見せている。もうすぐ故郷銀河へ戻れるという希望は、とっくに消えている。ペリー・ローダンたちがしばらく前におさめた成功も、あまり楽観的になる理由をあたえてくれなかった。いまとなってはなんにもならないのだから。

以前、イホ・トロトがフェニックスにきた。それはアトランに頼まれたからだった。トロトは消息不明の同胞のシュプールを得ようと惑星テルツロックへ向かう途中で立ちより、直近の出来ごとを自由商人に教えてくれたのだ。ローダンは最初はうまくいったらしかった。クロノパルス壁の通過に成功していた。そこでふたつめの障壁に出くわし、しばらく動けなくなった。しかし、そのウィルス壁も克服し、最終的には〝ヴィッダー〟という組織と出会う……銀河系の圧制者にあらがう抵抗組織で、リーダーは〝ロムルス〟と名乗っていた。その偽名の裏にいるのが、ホーマー・G・アダムスだと知ったときのローダンの驚きをいいあらわせる者がいるだろうか。戦略家かつ科学者になった宇宙ハンザのもとチーフだと！

ヴィッダーとともにローダンは、建設中のカンタロの基地ウウレマを破壊する。ウウレマでの作戦の過程で、カンタロの捕虜になっていたペドラス・フォッホが解放された。さらに、価値ある情報もつかみ、次に攻撃すべきはペルセウス・ブラックホールだとわかった。

しかし、ペルセウス・ブラックホールは罠だった。ローダンの小隊は、数でも技術でも上まわるカンタロの艦隊によって壊滅的な打撃を受けた。ローダン自身は生きのびた。アトラン、ロワ・ダントン、ホーマー・G・アダムスも。しかし、三隻の船が乗員もろとも撃滅された。《ブルージェイ》と《クレイジー・ホース》と《ソロン》が。

だめだわ、とジェニファーは思った。楽観的になる理由が本当にない。ローダンが帰還してともに戦うことになったとき、自由商人は精神的に活気づいた。ローダンという名の伝説に奇蹟を期待した。たしかに……半分は奇蹟が起こった。ジェフリー・アベル・ワリンジャーが考案したパルス・コンヴァーターをアンブッシュ・サトーたちが実用可能にし、それまで突破できないとされていたクロノパルス壁にはじめて突破口を開いたのだ。そのときは、まるでかつての時間が戻ってきたように見えた。何世代もの人類や非テラナーが、何百年にもわたって問題の解決に努めてきた。そこにペリー・ローダンがあらわれ、数カ月のうちになんなく問題が解決してしまった。

でも、それはあくまでそう見えただけだった。実際はまったくちがった。銀河系の圧制者との戦いでローダンが得たように見える成功は、〝ロードの支配者〟にさせてもらっていたことだ。たとえば、ウウレマでの勝利は、ペルセウス・ブラックホールの罠におびきよせるためのものでしかなかった。敵は猫がネズミをもてあそぶようにローダンを扱っている。

「すっかり暗い考えにふけってしまったわ」ジェニファーはそうひとりごちると、広い入江の静かな水面から視線をはずした。黒に近いほど焙煎《ばいせん》した豆のコーヒーを飲みたいと思った。豆は大陸ボニンの西部で、ロボット管理の山地農園で作られている。自動装置が便利なちいさなキッチンへ向かう途中、鏡の前を通った。通廊の壁の半分をおおっている。そこで立ちどまると、自分の鏡像を見つめた。

実際は嘆くような理由などないのに。たとえ自分の命が次の瞬間に終わったとしても、平均的な人類の命よりはずっと長く生きてきたのに。ジェニファーはうぬぼれているわけではなく、目にしている姿を気に入っていた。目の前の鏡には、二十五歳の女性の顔と体形がある。生物学的に見れば、本当に二十五歳になったところだ。これは……服の下に隠して……身につけている細胞活性装置のおかげだった。ジェニファーは旧暦三五五八年に惑星ガイアで生まれていた。キッチンに向かう通廊にかかったクロノメーターは、新銀河暦《NGZ》一一四五年を示している。旧暦でいえば、四七三二年だ。ジェニファー・ティロンは千百七十四歳だった。ほとんど信じられないけれどね、と思いながら、なごりおしげに鏡から離れた。

自分を観察してひと息ついたことで、心にいい効果があった。暗い気分は消えさっていた。ロナルド・テケナーが乗船中の《マーケット》に連絡しようかとつかのま考えた。カンタロが自由商人の基地を把握していることがわかって以来、無線通信の禁止は解除されている。けれど、それはやめておいた。たんなる気分のために、ロナルドの仕事をじゃましてはいけない。

ジェニファーはクロノメーターを見てから、キッチンに入った。どうせあと四時間もすれば、かれは帰ってくる。ロナルドがドアを抜け、抱きついてくるところを想像してみる。胸のあたりがあたたかくなった。

どんなに先の見通しが暗かろうと……人生はすばらしい！

1

NGZ一一四五年十二月十三日

明らかに不満そうなようすで、アンブッシュ・サトーは大きな実験装置に目をはしらせた。トーマス・アルヴァ・エジソンのことが頭に浮かんだ。かれの最初の電球は不格好で、蓄音機の試作品は巨大だった。知のあらたな領域に進むときは苦労するものだ。超現実学者が超高周波ハイパー放射線の秘密に迫るために使っている実験装置は、優雅さにまったく欠けていた。不格好で原始的でやたらと大きい。サトーはマイクロ装置で作業することに慣れていた。いま目の前にあるのは、ボックスとケースとモジュールで、《オーディン》内の研究室を奥のすみまで埋めている。

超高周波ハイパー放射線は、千十五ヒーフ（ハ《H》イパーエ《e》ネルギー等《e》価周波数《f》）より高い範囲にある。銀河系の技術では、このような短波長の放射線は使いようがなかった。この周波を発生させるには巨大な装置がいくつも必要になり、受信するには非常に複雑な装置を使うしかない。サトーは超高周波ハイパー放射線の実験をはじめていた。従来の知識をはずれたことには、基本的にすべて興味があるのだ。不格好な実験装置は、何カ月もかけた厄介な工作作業の結果だった。その作業自体、いらいらするひとつの実験だった。なぜなら超現実学者は、小ぎれいにまとまらず、従来の寸法の実験台におさまらないものはすべて嫌いだったからだ。

その努力は報われた。五カ月前、ペルセウス・ブラックホールで惨劇にあった《シマロン》が、なかばぼろぼろの姿でうす暗い惑星シシュフォスに停留していたとき、アンブッシュ・サトーははじめてハイパーエネルギー信号を記録した。信号はあらゆる方向から同じ強度できているようで、一・八二×十の十五乗ヒーフの搬送波で変調されていた。解読は不能だった。信号の継続時間やインパルス波形はそれぞれ異なり、間隔は不定期だった。数秒あけてつづくこともあれば、ひとつのインパルスも記録しないまま何時間もすぎることもある。シシュフォスにいたとき、通常であれば未知であるはずのメガイラ星系の座標をオートパイロットが宇宙飛行メモリのなかにふいに見つけたのも、そのデータがすこしのちにはなぜだか消えてしまったのも、サトーはこの超高周波信号のせいだと思っていた。いまではそれはちがうと考えている。どんな性質であっても、信号と《シマロン》のシントロニクス結合体の相互作用を示す形跡はなかった。

ペルセウス・ブラックホールでの災い以降、いろいろなことがあった。ペリー・ローダンはガルブレイス・デイトンに出会い、この旧友の死後、かれの船《オーディン》を受け継いだ。サトーは実験装置とともに新しい旗艦に移り、実験をつづけた。これまでのところ、謎に満ちた信号の解読には一歩も近づけていない。測定をつづけることに意味があるのか、本気で自問する瞬間があった。何度も不格好な実験装置を壊そうとした。しかし、不規則な波形のパルスシーケンスに魅了され、抜けられなくなっていた。そして、謎めいた超高周波信号の意味を理解するために必要なひらめきが、いつか訪れるだろうと思うようになった。

実験はルーチンになっていた。二十四時間制の船内の一日のなかで、何度もちいさな研究室を訪れては、それまでの記録をシントロニクスに提示させた。

実験装置は自動化されていた。超高周波信号をとらえるセンサーは、小惑星キャンベルの大気のない岩がちの地表に間隔をあけて分散してあった。センサーが測定したものはただちにシントロニクス結合体に転送される。シントロニクスには実験監視専用のセクターをもうけておいた。そこで通常の分析がおこなわれる。インパルス波形、フーリエ解析、時間間隔の測定、等方性の差異である。とくに等方性についてサトーは興味をもった。謎だらけの超高周波ハイパー放射線がいらだたしいほど等方的なのは、均等に配置された多数の送信機で放射されているからだと推測したのだ。放射線の等方性にごくわずかな差異でも確認できれば、送信機のうちのひとつを方位測定できるかもしれない。こうした測定の試みは、それまでまったく結果が出ていなかった。超高周波信号はあらゆる方向から同じ強度で届いていた。きょうもデータは差異を示さないだろうと、サトーは悄然と思った。

「記録したものを見せてください」シントロニクスに求めた。

サトーの前方で、研究室の中央にスクリーンがあらわれた。光るグリーンで、搬送波の周波数帯域が簡潔にスクリーンに引かれていく。搬送波に重なるようにして、細く急勾配のインパルス群がさまざまな波形であらわれる。グリーンの帯域にそって不規則な間隔で分布している。

「分析データを」

超現実学者の求めに、シントロニクスは記号と数字の長い連なりで応え、音声でコメントを加えた。一分もたたないうちに、ここ二十四時間のあいだにもあらたな知見はないとわかった。

「要するに」シントロニクスがまとめのコメントに入った。「信号を特定のインパルス波形群に試しに分類できるかどうかたしかめる必要があります。しかし、……」

サトーは耳をそばだてた。シントロニクスが途中で言葉をとめることはめったにない。

「どうしました？」待ちきれずに訊いた。

「あらたな測定です」研究室の天井下のどこかに浮かび、シントロニクス結合体と外界を仲介するサーボが答えた。「自分で見てください！」

信号がスクリーン上をゆっくりと右から左へ動いていた。右端から新しいインパルス群があらわれる。サトーは思わず息をとめた。こんどの群は近接して何度も上下する線でできており、その振幅はこれまで観察した信号の五倍以上あった。

「これはどこからきました？」超現実学者は興奮して訊いた。

「近くからです」シントロニクスはいらいらするほどおちつきはらって答えた。「等方性の問題はありません。これから方位測定結果を求めます。とにかくたしかなのは、この信号がほかのインパルス群とはまったく別の発信源からきていることです。最初の結果が出ます。発信源は……この船のなかです」

＊

《オーディン》の首席操縦士、ノーマン・グラスは、基本的には話の通じる人物だった。しかし、このときは、用件の重要性をわからせることにアンブッシュ・サトーは苦労した。

グラスはNGZ三八六年生まれのテラナーだった。まず注意を引くのは、深くくぼんでくまに囲まれた目と、こけた頬。顔つきは厳格そうで、なおかつ病弱そうに見える。この印象は、ブロンドの髪をきちっとうしろになでつけていてもよくならなかった。

実際のノーマン・グラスは、まったく病弱などではなかった。心身ともにきわめて健康に恵まれていた。かれの外見には、ストイックな生き方が反映している。かつてであればキャリア志向といわれるような人物で、仕事に没頭し、奇想天外だったり非合理的だったりするものはしりぞける傾向が強かった。

「わたしがそれをしていいものかどうか」サトーに答えるグラスの顔には、超現実学者の要請をよく思っていないことがはっきりあらわれていた。

「責任はわたしが負います」サトーは確信に満ちた声で伝えた。「これが大事なことだと、ペリーは理解してくれます。あなたの承諾が必要なだけなんです」

「なにをしたいんですっけ?」

「もう三回説明しましたよ……」超現実学者はだんだんがまんがつきてきた。

「そうなんだけど、よくわからなくて」

「われわれの船のなかに、超高周波ハイパー放射線の発信源があるのです」サトーはのろまを相手にするように言葉を長く伸ばして話した。「放射線が出ているのは、《オーディン》に設置された機器ではありません。なにかの異物があるにちがいない。超高周波実験に使わせてくれているシントロニクス・セクターは、放射線の発信源がどこか把握していますo ペリー・ローダンの居室のどこかです」

グラスは少しためらった。運命に身をまかせるようにため息をつくと、口を開いた。

「まあ、わたしとしてはかまわないですよ。シントロニクスによる施錠をはずします。ペリーのキャビンを見てきてけっこうです。でも、この件の責任は自分でお願いしますよ！」

「そういっているじゃないですか」サトーはもごもごいうと、ハッチへ向かって歩きだした。

第三者と交渉しなくてすめばずっと楽なのに、とサトーは腹立たしく思った。これはデリケートな件だ。自分にはたぶんこうだろうという推測がある。ペリー・ローダンとなら自由に話せただろう。でも、たとえばノーマン・グラスなどはこの件に関係がない。けれどローダンは、小惑星キャンベルから遠く離れ、カンタロの繁殖惑星サンプソンで危険な任務についている。〝ロードの支配者〟への忠誠を捨てると伝えてきた将軍候補生を連れてくるのだ。将軍候補生とはどんなものか、サトーにはわからなかった。カンタロであることはまちがいない。それも、高い地位に向けて繁殖惑星で教育され、さまざまな知識を身につけたカンタロだろう。

どちらにせよ、ローダンは遠くにいるため、サトーは自分で推測をたしかめなければならなかった。ローダンのキャビンの入口は中央デッキにあり、司令室のメインハッチから数歩しか離れていない。ノーマン・グラスは約束どおり施錠をはずしていた。超現実学者があと二歩のところまで近づくと、ハッチは自動で開いた。

謎めいた信号の発信源座標がしるされたちいさなフォリオをとりだす。シントロニクスはいつもどおり、中央デッキの概略図にポイントを書き入れていた。サトーはあたりを見まわした。ここには何度もきたことがあったが、図はわかりにくかった。いまいるのは前室。シントロニクスが赤くポイントを書き入れたキャビンは、左のほうにある。

おずおずと、仕切りのないフロアを進む。着いた先は、居間としてしつらえてあった。壁ぎわにカウチ、サイドテーブルがふたつ、そしてローテーブルをかこんでソファが並ぶ。部屋の中央にはもうひとつのテーブル。そこに、輝くポリマーメタルでできた鐘状のものが置いてある。鐘は高さ五十センチメートルで、底の直径は四十センチメートルある。

それ以上探す必要はなかった。推測は裏づけられたのだ。得体《えたい》のしれない敵がどうやってローダンの足どりをつねに追っているのか、あれこれと考えつづけてきた。ローダンの細胞核放射のハイパーエネルギー要素か、細胞活性装置の散乱放射か、どちらかを遠くから測定できる力がモノスにあると推測されていた。だが、エネルギー性防御フィールドでローダンを守ろうとする試みはすべて失敗していた。ここしばらくのあいだに起こった事件が証明するとおり、モノスはみずからの敵とする男の居場所をつねにつかんでいた。

もっとはやく気づくべきだった。問題の答えはずっと鼻先にぶらさがっていたのだ。そう超現実学者は思った。ゆっくりとからだの向きを変えると、一歩一歩考えこむようにして司令室へ戻った。ノーマン・グラスはまだ宇宙飛行データの確認をつづけていた。サトーがきた音を聞いて、グラスは顔をあげた。

「もう終わりですか？」驚いたようすでたずねる。

サトーは笑みを浮かべてうなずいた。

「終わりました。それで、あなたにしてもらうことがいくつかできました」

「はい？」

「わたしは《カシオペア》に移ります。《カシオペア》と《オーディン》にはすぐにスタートしてもらいます。《カシオペア》は惑星へレイオスに戻る。《オーディン》はわたしが指示する航路をとる」

グラスは驚きをすぐに克服した。態度がけわしくなっている。

「頭がおかしくなったのか、それともなにか……」

「説明させてください」超現実学者は相手の言葉をさえぎった。「奇妙な件のシュプールをつかんだのです……」

2

NGZ一一四五年十二月二十五日

惑星ヘレイオスにある〝ヴィッダー〟の基地に用意されたペリー・ローダンの居室は、簡素なものだった。わずかな家具のついた部屋がふたつ。ひとつは寝室で、もうひとつはリビング。さらに分室がふたつ。ちいさい自動キッチンと衛生関連スペースだ。それでもリビングには、通信コネクタとコンピュータ端末がある。基地の地下九階のここにいると、だれでも孤独な気分になる。山に囲まれ、ジャングルにおおわれた高原の地下深くで、まぶしく輝く通廊の静けさは圧迫感がある。とはいえ、外界と切り離されているわけではない。サーボに呼びかけるだけで、話し相手に接続される。

サンプソンの特務グループと、連れてきたカンタロのショウダーを乗せた《クイーン・リバティ》は、二時間近く前にヘレイオスに戻っていた。カンタロの繁殖船に砲撃を加えて損傷させる任務をぶじに成功させたのこりの船は、それよりもはるか先にヴィッダーの秘密基地に戻っている。《カシオペア》、《シマロン》、《ヤルカンドゥ》が到着していた。《オーディン》だけがおらず、ローダンはひどく心配になった。《オーディン》には娘のエイレーネが乗っているのだ。《クイーン・リバティ》が着陸してすぐ、アンブッシュ・サトーから話があると連絡を受けた。もちろん、話を聞くことにした。超現実学者は本当なら《オーディン》に乗っているはずなのだ。そのかれがヘレイオスにいるということは、《オーディン》に深刻な事態が起こったわけではないらしい。きっとそのあたりの顚末を話すつもりなのだろう。

ローダンはすぐさま自分の居室へ向かった。やるべき大事なことがある。惑星フェニックスへの遠征をすみやかに編成して、スタートしなければならない。連れてきた将軍候補生、ショウダーの話では、カンタロが自由商人の惑星への襲撃を計画しているという。ショウダーはサンプソンで、からだにうめこまれたカプセル爆弾が爆発して重傷を負っていた。医療技術の専門チームが《クイーン・リバティ》の船内でつなぎあわせたのだった。ショウダーは医療技術者のおかげで助かったことをわかっていた。そして、ショウダーが敵の手に落ちたときに体内のカプセル爆弾を起爆したのが、かれの上位者たち、最上級司令本部であることをわかっていた。最上級司令本部に忠誠をささげる義務のなくなったショウダーは、カンタロの戦略計画について知っていることをすべて進んで提供した。フェニックスへの襲撃についてはとくに詳細な情報をもっていた。ショウダー自身も参加するはずだったからだ。

以前からローダンにとって、フェニックスをずっと維持できないことは明らかだった。ローダンの居場所を昼でも夜でも知る敵は、自由商人の惑星の位置もとっくに把握している。敵がまだ自分の優位を感じているならば、いつかかならずフェニックスを襲ってくるだろう。たとえそれが見せしめのためだけだとしても。ローダンがするべきは、フェニックスにのこる自由商人をすみやかに避難させることだ。

遠征はローダン自身がひきいるつもりだった。自分が長くヘレイオスにいてはいけない。ここしばらくのようすからすると、こちらのシュプールをモノスは見失っているようではあったが。それでも確信はできない。この件でたしかなことがつかめないかぎり、自分の近くにいる者は危険だと考えられる。

モノス！　惑星シシュフォスでローダンは〝贈りもの〞をよこされていた。モノスの一部、ちいさな一片の皮膚を。細胞核のDNA構造を調べると、その不明者のゲノムにゲシールの遺伝子特徴が入っていることがわかった。それを知ったローダンは精神的ショックに襲われ、いまも苦しんでいる。自分の敵が……ゲシールの子供なのか？　モノスはカンタロを支配する者と考えられている。ただし、自身はカンタロの出自ではない。細胞構造はまったく逆のこと、〝ホモ・サピエンス・テレストリス〞に属することを明確に示している。単独の存在で、銀河系の圧制者で……悲運のジェフリー・アベル・ワリンジャーが表現したような〝テラのホールに住む悪魔〟だ。

以前はそう考えられていた。その後、カンタロの捕虜が〝ロードの支配者〟について語りだした。最初はヴェーグラン、こんどはショウダーが。カンタロにとってロードの支配者は最上位の命令者だった。最上級司令本部だった。それがどういうものか、カンタロ自身にもわからない。ショウダーの考えでは、ロードの支配者とは広い知識を備えたカンタロのエリート集団で、銀河系のどこかの惑星に拠点をもち、そこからカンタロの戦略をあやつっているという。しかし、これはショウダーの見解で、なんの情報の裏づけもなかった。

さらなる困惑をもたらしたのが、ジュリアン・ティフラーもネイスクール銀河の遠征中に〝ロードの支配者〟について聞いていたことだった。アノリーの伝承では、それはスターロードのネットワークの建設者たちで、〝マクラバン〟つまり〝古《いにしえ》の君主〟あるいは〝古代種族〟とも呼ばれていた。伝承におけるロードの支配者は善良で賢い存在だった。こうした存在が、最上級司令本部を構成する野蛮な被造物と同一ということがあるのだろうか？

結局、敵は何者なのか？　細胞組織サンプルという気味の悪い贈りものをよこしてきた単独の存在なのか、それともロードの支配者なのか？　支配者とモノスはどんな関係にあるのか？　もしかしてモノスはまったくの単独行動者で、そもそもカンタロと関係ないのだろうか？

ローダンはこうしたことで頭を悩ませるのをもうやめていた。推測ばかりしても答えは見つからない。光明は、ショウダーがヴィッダーに協力するといってくれたことだ。もしかしたら、カンタロの複雑なヒエラルキー構造を明らかにするなにかが、かれの記憶に見つかるかもしれない。ショウダーは惑星サンプソンで将軍候補生として育てあげられていた。生育プロセスが終わったら、ただちにカンタロ軍の将軍になるはずだった。将軍よりも上なのは戦略参謀官だけで、そのすぐ上位がロードの支配者だ。ショウダーには広い知識があった。だが、まずは重傷から回復する時間をとらなければならない。その後は情報源として動いてくれることになっている。

もうひとつ考えなければならないことがあった。秘密をもらそうとする者を敵がためらいなく始末するという事態が、すでに三回起こっていた。いつも小型爆弾が使われ、それはドロイドのからだのどこかに隠され、遠隔で起爆できるものだった。推測でしかないが、ほかに考えられる解釈はなさそうだった。配下のカンタロが切迫した状況にあることを敵がどうやって知るのか、爆弾をどうやって起爆するのかは謎のままだった。

だが、カンタロのトップが……モノスであれ、ロードの支配者であれ……危機におちいったり変節したりしたドロイドを無造作に始末する手段をもっていることは、もはや疑いようがない。ガルブレイス・デイトンはそうやって命を落とし、惑星ＵＳＴＲＡＣで捕らえたカンタロ将校も同じようにして死んだ。そしてサンプソンでは、ショウダーと同じ将軍候補生が七名、ローダンの特務グループに確保されたところで冷酷に殺された。

不気味な起爆メカニズムは〝死のインパルス〟と呼ばれていた。もしカンタロが変節したり、最上級司令本部に逆らうような考えをいだいたり、あるいはたんに運悪く敵につかまったりすれば、一瞬での死を覚悟しなければならない。そこで人類の想像力が思い描くのは、どんな感情にも惑わされぬ容赦のない死刑執行者の姿だ。銀河系のどこかの中央コンソールの前にすわり、なにも知らない者にとって死を意味するボタンを押す。このイメージは確実に誤りだ。プロセスの制御には膨大なデータがまちがいなく必要で、その管理はコンピュータにしかできない。

ショウダーもまた、死のインパルスの犠牲になるはずだった。インパルスは体内で爆発を引きおこし、ショウダーは死ぬ寸前までいった。それでも命をとりとめたのは、たしかに医療技術の専門チームが気力と能力をついやしたことも大きかった。だがそれ以上に、死のインパルスに応える起爆装置がからだのどこに隠されていたのか、医療技術者には見当がつかなかったが、ショウダーは……ほかのカンタロと同じく培養器から出されて作られたかれは……ある意味で欠陥品だったからだ。死のインパルスで爆発する臓器か装置が、ショウダーの場合、通常の形で発達していなかったのだろう。それゆえ、かつての将軍候補生には、邪悪なインパルスによる爆発がちいさくてすんだのにちがいない。高エネルギー隠蔽《いんぺい》フィールドにかれを隠す必要はなかった。おかげで、きちんと話ができるようになったとき、コミュニケーションがとりやすいだろう。

サーボに呼びかけて、ローダンはシントロニクスとの接続をオンにした。これ以上考えごとで時間を失ってはいけない。フェニックスが危険にさらされている。最速で出動の準備をしなければならない。まず、ヘレイオスに停留中の全戦闘船のリストを呼びだした。目を通そうとしたところに、インターカムで連絡が入った。

映像があらわれる。そこにうつった男の顔には、アジア系の趣《おもむき》があった。大きくて生気に満ちた目は、知性と思慮深さをうかがわせる。表面しか見ない者であれば、この小柄な男に障害があると思ってしまうだろう。存在感のある頭部とは反対に、肩は細くからだはやせていた。

「サトー」ローダンは親しげな声を出した。「連絡を待っていた」

「そちらへいってもいいですか？」

「いつでもどうぞ」

＊

超現実学者はデータを示して報告した。

「測定をはじめたのは七月でした」報告の最後にアンブッシュ・サトーはいった。「はじめは実験装置がまだ不完全だったのでしょう。最近やっと、不審なインパルス群をはじめて記録できました。ここ十二日間でさらに二度検出しています。時間間隔は不規則。このインパルス群にまとめられる信号は、波形も振幅も異なります。しかし、あらゆる方向からくるインパルスよりもつねに非常に高エネルギーで、比較的容易に方位測定できます」

ペリー・ローダンは長いこと答えずにいた。じっと虚空を見つめている。

「つまり、ただ贈りものをよこしたわけではなかったのだな」ついに口を開いた。「とんでもないものをしこんでもいたのか」

「信号の出どころが、シシュフォスでモノスがよこした組織サンプルであることはまちがいありません」サトーは認めた。「サンプル自体には手をつけていないので、信号がどう作られているかについては言及できません。しかし、信号はふつうでない周波数帯域にあり、そこに自然雑音はほぼありません。エネルギーがとても高いのです。ペリーの居場所をモノスに教えているのはこのインパルスだと考えるほうが当然でしょう。組織サンプルが心底まであなたをゆさぶることを、モノスはわかっていた。そして、つねに手もとに置かれるはずだと読んでいた。あとは信号の方位測定をするだけで、ペリーがどこにいるかわかるのです」

「きみはモノスといっているな」とローダン。「このところ、われわれ、カンタロがしたがう〝ロードの支配者〟という存在を耳にしている」

「知っています」サトーが答えた。「《クイーン・リバティ》が到着するまでに最新の報告に目を通しました。けれど、われわれの敵だというかれだか、かれらだかの名称になんの意味があるでしょう？　いま大事なのは、敵にペリーの足どりを追えなくさせることだけです」

「それで《オーディン》に別の航路をとらせたのだな？」

「はい。ノーマン・グラスを説得するのは大変でしたよ。けれど最後には、ほかに手はないと納得してくれました」

「もしも敵がこちらをもてあそぶのに飽き、ペリー・ローダンを看過できない相手とみなして即刻排除することを決めたら、《オーディン》は危険な状態になる」

ローダンの声はいやに真剣で、その言葉には非難の色がふくまれていた。

「組織サンプル自体が原因となって、乗員や船がすぐ危険にさらされることはありません。考えていることはわかります。エイレーネは船にいて、アンブッシュ・サトーは安全な場所に……」

「ばかなことを」ローダンはさえぎった。「そんな話はしていない。だが、なにか手はなかったのか、《オーディン》に組織サンプルを別の航路へ運ばせる代わりに？」

サトーはほほえんだ。

「どれだけの準備をしたか説明させてください。だれもが……先ほどのあなたのように……敵が急に本気を出す可能性を考えます。敵が何カ月も遊んできたのは、自分がはるかに優位だと思っていたからです。いつしか、ペリー・ローダンはずっと遊んでいられない危険な相手だと気づくでしょう。そうなったら、組織サンプルが発する信号を使い、ペリーの現在地をつきとめて攻撃する。《オーディン》はこうした攻撃に備えています。数日、数週間のうちに、深刻な事態が起こる恐れはないと思います。あなたを攻撃する必要があると認識するのは、わたしの推測では、まだ二、三カ月先でしょう。それでも《オーディン》では、すべての超光速搭載艇を瞬時スタートの態勢にしています。避難計画は詳細です。もし攻撃があった場合、乗員は搭載艇に乗って船を離れる。オートパイロットは最大速度にプログラミングずみ。攻撃者は瞬時スタートに驚かされるでしょう。空《から》の《オーディン》は相手の戦利品としてのこりますが、乗員は助かります」

ローダンは感心したようにうなずいた。「きみの思慮深さをあらためてありがたく思うよ」

「組織サンプルについては、次のように考えました」超現実学者はつづけた。「メタグラヴ・エンジンと信号発信器のついた宇宙間ゾンデを組織サンプル用に作る必要がある。それを二、三千光年離れたところへ送る……できるだけ重力学的な測定がしやすい宙域へ。航路値と飛行挙動は前もって正確に決めておき、カプセルをいつでも回収できるようにします。これで、敵の目をあざむきながら、さらなる分析が必要になったときには組織サンプルをふたたび手にすることができます」

「そうだな。わたしも同じようなことを考えていた」

「この件はわたしの一存というわけにいかなかったことは理解してもらえるでしょう」とサトー。「特別な組織サンプルにかかわることですから。これをどうするか決められるのはひとりだけ、あなただけです。必要な準備を進めながら、この提案を受けいれてもらえるよう願っていました。カプセルのスタートの用意はできています。あとは組織サンプルの入った容器をとりつけるだけです。《オーディン》にかんたんな連絡を入れれば、〝贈りもの〟は船を離れます。モノスでも、最上級司令本部でも、〝ロードの支配者でも……それがどんな名称であっても……むなしくあなたを探すことになるでしょう」

「きみの仮説が正しくて、本当に組織サンプルからの信号だけで敵がわたしの居場所をつかんでいるのであればだが」ローダンは答えた。

「わたしはそれに疑いをいだいていません」

サトーの肩にローダンは手を置いた。

「ありがとう、サトー。先ほどのわたしの言葉がいくらか短気に聞こえたのならすまなかった。こうした状況できみほど思慮深く行動できる者はいないとわかっていたはずなのに」

超現実学者は晴れやかな笑みを浮かべた。どれだけ自信のあるかれでも、本心からのほめ言葉にはいつでも敏感に反応するのだ。

＊

〝アリネット〟はメッセージを安全着実に伝えるが、ときにはいらいらするほど遅かった。ヴィッダーの秘密の通信ネットワークは何百という衛星でできていて、カンタロに見つからないように、かならずわずか数ナノ秒のインパルスパケットにデータを圧縮させて送った。各インパルスパケットが受けもつのは、情報の一部である。アリネットを介する通信は送信機で多数のパケットに分割され、さまざまな方向へ送りだされる。パケットにはそれぞれヘッダーがついており、これが経路上の中継衛星にどうやって情報を転送するかを指定する。受信機では、パケットがひとつひとつ別に到着するが、その順序は変わっていてもかまわない。最後のパケットが届くと、受信機のコンピュータが届いたパケットから原情報のテキストを復元する。専門用語でパケットスイッチングと呼ばれるデータ転送法だ。この原理は旧暦の二十世紀から知られ、使われていた。

つまり、アリネットにおける通信の安全性は、三重に保証されている。第一に、NGZ一一四五年の探知技術でも送信機の方位測定がきわめてむずかしい。送信機はほとんどの時間おとなしくしていて、数ナノ秒のあいだしか作動しない。第二に、データパケットは高度に暗号化されていて、コードをもたない者には解読できない。第三に、盗聴者がたとえ復号に成功したとしても、たったひとつのパケットではあまり役だたない。情報全体の意味をそこからつかむことはできない。

しかし、すでにふれたとおり、アリネットは安全性と信頼性の代わりにデータの送受信量を犠牲にしていた。一一四五年十二月二十五日があと数分をのこすころ、《オーディン》のハイパーカムが警報を発し、八パケット以下の短いメッセージの到着を知らせた。メッセージはペリー・ローダンの個人コードでこう伝えていた。

アンブッシュ計画にしたがって行動せよ。いますぐ。

ローダンの旗艦は、ここ何日か、落ちつかない緊張した空気が支配していた。クリスマスを祝うちいさなパーティーの数々も、空気を変えることはできなかった。首席操縦士のノーマン・グラスは、アンブッシュ・サトーの疑念を乗員に伝えていた。《オーディン》は警戒態勢にありながら、セリフォス星系から八百五十光年離れた星間宇宙の虚無空間をただよっている。いつなんどき、ローダンとゲームをしていた敵が飽きて、本気で襲いかかってくるかもしれない。もしそうなれば、《オーディン》がいちばんの標的となるだろう。組織サンプルが発する邪悪な放射から、ローダンは旗艦にいると考えるにちがいないのだから。

《オーディン》はいま、ハイパーエネルギー性雑音のすくない宙域にいた。探知機は最大感度に調整してある。もし攻撃がおこなわれたら、敵を即座に探知するだろう。アンブッシュの計画では……先ほどのメッセージに出てきたほうではない！……攻撃があった場合、すぐに船を捨てることになっている。超光速搭載艇は瞬時スタートできる状態で各格納庫に控えていた。乗員のだれもが、自分はどの搭載艇に乗るかを把握している。割りあてられた格納庫に最短で向かえるように、転送機が増設されている。

乗員の安全のために、打てる手はすべて打ってあった。それでも、どこか落ちつかない感じが、潜在的な不安がのこっていた。相手は圧倒的な力のある敵なのだ。そもそも探知機が相手をとらえられるとだれにいえるだろう？　もしかしたら突然、数百キロメートルの距離で横からあらわれ、《オーディン》を最初の一撃で壊滅させるかもしれない。

《オーディン》司令室のシントロニクス制御サーボがメッセージを読みあげたとき、ノーマン・グラスがほっと息をついたのも不思議はなかった。メッセージは超現実学者のもうひとつの計画についてだった。ロボットと専門家たちは、何日もかけて宇宙カプセルを作製していた。密告犯である組織サンプルをそのなかに入れ、再現可能な航路で宇宙へ飛ばす予定だった。この計画に、ローダンの個人コードが示すとおり、ゴーサインが出たのだ。こちらもやはりすべての準備が整っていた。ロボットは待機し、鐘状の容器をローダンの居室から宇宙カプセルのある格納庫まで運ぶことになっている。

グラスはインターカムを作動させ、格納庫主任の呼出コードを入力した。オレグ・グリックはテラの出身で、NGZ四〇五年生まれ。身長は一・八メートルを超えるが、肉づきのいい体格のためにずんぐりして見える。頭部をぼさぼさの暗色の髪がおおっている。そばかすだらけのふっくらした顔はいつもどおり短気な印象で、まるで、いまもっと大事な仕事をしていたのにと怒っているような顔つきだった。さらにせっかちというのがオレグ・グリックの特徴だ。

「アンブッシュ計画だ、いますぐ！」ノーマン・グラスが告げた。

グリックの目が大きくなる。

「警報は聞こえなかったぞ！　なんてこった……」

「もうひとつの計画のほうだよ」グラスが言葉をはさんだ。「頼むからそのいらいらをすこし置いて、思いだしてくれよ」

グリックは髪をかきまわした。

「もうひとつの計画か」と、もごもごつぶやく。「アンブッシュ計画。ああ、あれか……

……！」

そして、笑顔になった。容器をおさめる装置を一瞬じっと見てから、はじけるようにいった。

「それはすばらしいじゃないですか！」

「わたしも同じ意見だ」グラスはうなずいた。「ロボットへの指示はもう出してある。鐘はそっちに向かっている。輸送に耐えられる形でカプセルにおさめられるよう見てくれ」

「まかせてください！」

「それから、カプセルが即刻、船から出ていくようにな」

「一瞬でやりますよ！」格納庫主任は歓喜の声をあげた。

一一四五年十二月二十六日、一時二十三分、モノスの贈りものを乗せたカプセルは旅立った。カプセルには、航続距離五千光年の小型メタグラヴ・エンジンがついている。ハイパートロップ吸引装置はない。グラヴィトラフ貯蔵庫のエネルギーがつきたら、奇妙な積荷を乗せた飛翔体はエンジンなしで四次元空間をすべっていく。エンジン値と航路ベクトルは最大限正確に計算してある。目的地は、重力力学の測定を何度もしておいた宙域で、銀河系辺縁へ向かうあたりだった。さらに、宇宙カプセルには信号発信器がついていて、呼びだしに応じて方位測定信号を発する。いつか組織サンプルを回収する必要が生じたら、たいした困難もなく回収できるだろう。

一時五十八分、カプセルは最初のハイパー空間飛行を終え、二千四百光年離れたところから方位測定信号を送ってきた。シントロニクスは飛行が計画どおりであることをたしかめた。二時、ノーマン・グラスは《オーディン》をヘレイオスへ向けて動かした。

3

一一四六年一月二日

プラドゥ・メン・カアンは自分の任務に真剣に向きあっていた。褐色の肌のアコン人は探知スペシャリストだった。惑星ウルティマと衛星カロンとステュクスに置かれた遠距離探知機を多数、担当していた。惑星フェニックスは数カ月前から警戒態勢にある。カンタロの攻撃がいつきてもおかしくない。かれの任務は自宅のデスクからでもできるはずだった。カンタロがフェニックスの位置を知っていることがはっきりしてから、無線通信の禁止は解除されていたからだ。そして、探知スペシャリストのかれは、遠距離探知機が集めたデータを自宅で入手するために必要な通信手段をなんでも使うことができた。

けれど、プラドゥは現場にいるほうを好んだ。宇宙港のコンピュータ・センターは大陸ボニンの中央高地の地下深くにある。ここでなら、自宅よりも多くの分析手段が使えるし、端末やモニターを介さずに直接アクセスできるのだ。周囲にはスクリーンが光り、ウルティマやカロンやステュクスにある探知機からデータをじかに集めていた。まわりに雑然と並ぶネットワーク・コンピュータを、かれは熟知していた。そこには多数の人工知能が備わり、そのほとんどとまるで友のように親しい関係だった。

プラドゥ・メン・カアンは仕事に埋もれているといえるかもしれない。けれどそれは本質を押さえたいい方ではなかった。プラドゥは仕事のために仕事をしているのではない。自分が、アコン人である自分が、自由商人の惑星の安全向上に貢献できると強く確信していたからだ。プラドゥは一一三九年から自由商人の組織に加わっている。もともとは、宇宙船でクロノパルス壁に突きあたった不運な者のひとりだった。亡命アコン船《タアマ・ニル》の船長だった。乗員は狂気のバリアと遭遇したときに落命していた……ある者は、時間の逆行によって代謝系に起こる不可逆の混乱が原因でその場で、またある者は、狂気によって生じた精神的ショックの影響で数時間から数日のあいだに。プラドゥ自身、なかばおかしくなった。それでも、なんとか壁から離れる方向へ《タアマ・ニル》を動かすことができた。数日、意識を失い、目を覚ましたときに、サトラングの隠者の声を聞いた。

プラドゥは《タアマ・ニル》の搭載艇で惑星サトラングに着陸した。ジェフリー・アベル・ワリンジャーの治療を受けたあと、自由商人の組織に加わって銀河系の圧制者と戦わないか問われると、強い意志をもって首肯《しゅこう》した。ほかの回復者たちと惑星フェニックスへ移動し、組織の強化にとりくんだ。技術と学術の広い知識をもつプラドゥは、その手の教育が平均的に不足していた自由商人にとってまさに拾いものだった。だが、何年もの時間のなかで、かれのフラストレーションは強くなっていった。組織がカンタロに対して決定的な打撃のひとつもあたえられずにいたからだ。敵の力は非常に強く、銀河系をとりまく壁は越えられなかった。自由商人たちはどうしようもない怒りを感じながらこぶしをにぎるしかなかった。

その後、事態が動きだす……しかしそれは、自由商人が起こした動きではない。どうやら銀河系の支配者は、六百九十五年のずれをもって帰還したペリー・ローダンの足どりを追うことができるらしいのだ。これは、イホ・トロトからの情報だった。トロトは消息不明の同胞のシュプールを調べに大マゼラン星雲へ向から前にフェニックスによっていた。とにかく、ローダンが滞在した場所がカンタロにわかるのなら、基地惑星のことも知られている。そのため、そのうち攻撃されることは容易に想像がつく。自由商人がカンタロの脅威になりうるかどうかは、ここでは関係ない。カンタロは技術的にはるかに進んでいて、自由商人がこれまで不振だったのもそれが原因だった。しかし、圧制者は心理的な理由から、抵抗集団を長きにわたって存在させておくことを許さない。技術的に優勢だからこそ、その優位性を何回でも証明しにかかる。フェニックスにいる自由商人を殲滅《せんめつ》すれば、局部銀河群にあまねく警告を発することになるだろう。銀河系の支配者に逆らえる者はいない！と。

この先は自由商人の生死がかかっていると認識すると、プラドゥ・メン・カアンのフラストレーションはすぐに霧散した。いままで自分たちは敵に戦いをしかけることができなかった。こんどは敵がこちらを打ち倒しにくる。当初は、防衛にかけていいものか、ずいぶん検討された。フェニックスから退避することはそう困難もなくできるだろう。現状を総点検すると、カンタロの攻撃を……数千隻に達する艦隊でなければ……現在の装備で防衛することは可能なはずだという結論が出た。ちょうど過去十カ月のあいだに、《ラクリマルム》の科学者たちの活動などによって、自由商人の惑星は技術の画期的な進歩をとげたところだった。武器技術から探知や対探知まで、あらゆる分野で相当の成果をおさめていた。ロナルド・テケナーはすぐさま、防衛施設を最新の技術水準にする任務にとりかかった。ポルタとステュクスとウルティマに駐在する宇宙戦闘機部隊を増強。各宇宙要塞にはあらたな大砲を設置。探知システムも改良した。八カ月かけて、フェニックスはこのプロジェクトに専念し、セレス星系全体を武器でかためた要塞に変えた。

年が明けたいま、間近に迫ったカンタロの攻撃を防衛し、手痛い敗北をあたえられる可能性があることを疑う者はいなかった。

警報装置が鳴りはじめ、プラドゥ・メン・カアンはいぶかしげに顔をあげた。視線が探知スクリーンをはしっていく。そのひとつに、するどく光るちいさな点がうつってい た。探知リフレックスでよく見られる表示とはまったくちがう。光点は振動しているようだが、その場から動かない。と、急に光点がふくらんだ。コンマ秒のあいだ、画面があわい光におおわれる。そうして消えた。

「いまのはなんだ?」プラドゥ・メン・カアンは唖然として訊いた。

「不明です」シントロニクス・ネットを担当するサーボが答えた。「従来の分析法では、利用可能な結果が出ません」

「じゃあ、従来でないほうの手法でやってくれ」プラドゥはもどかしげにうなった。

「もうやりました。この出来ごとの距離は算出できません。フーリエ解析は、通常の散乱放射では発生しない周波数を示しています。要するに、この出来ごとの原因は特定不能です」

〝出来ごと〟という言葉を使っているのは、この現象の発生がはたして有体物によるものなのか、シントロニクス・ネットにはっきりわからないということだ。

「探知機の誤作動の可能性は?」

「遠隔診断は装置の故障を示していません。ただし、過渡現象である可能性はあります。強度が低いか時間が短くて、モニターの検出領域をはずれたのかもしれません。この説明の妥当性は、四十八パーセントという算出です」

プラドゥ・メン・カアンは落ちつかない気分になった。四十八パーセントという数字は充分ではない。しばらく待ったが、奇妙な現象はくりかえされなかった。一時間たっても、シントロニクス・ネットから謎めいた現象の説明はなかった。プラドゥの緊張は徐々にとけてきた。現象は記録されている。科学者のだれかがあした対処してくれるかもしれない。なんにしても危険を示すようすはない。プラドゥはコンピュータ・ログにこう入力した。

一一四六年一月二日、三時二十三分：遠距離探知セクター十八に幻影のようなリフレックスあり。おそらく過渡現象による機器障害。

＊

フロダー・ハギンスは、ここ数週間数カ月と惑星フェニックスの防衛任務に時間とエネルギーをささげてきて、そろそろ自分のことを考えてもいいころだと感じた。どちらにしろ、もうやることはたいしてない。プロジェクトは完了している。自由商人はカンタロを待ちかまえる態勢に入っている。

まずは新しいグライダーがほしい。いまのグライダーは十一年乗っている。飛行距離は多くないが、ときにはかなり酷使してきた。墜落したのは二回……大事故ではなく、ほんの何メートルの高さからだったが、機体にへこみや亀裂が生じていた。エンジンやグラヴィトラフ・バッテリーにもひびが入っている。明らかにグライダーを新しくするころあいだ。

ここ何カ月か、セルヴァ河ぞいのロボット工場は防衛装備ばかりを製造していた。つい最近になって、〝平時需要〟の製造が再開された。何カ月ものあいだ、自家用の新しいグライダーは作られなかった。再開されたとはいうものの、作業はとどこおりがちで、さしあたっては通常の二十パーセントの生産率しかない。生産手段の再プログラミングにかなりの時間がかかるからだ。そのため、フロダー・ハギンスがまだ夜も明けないうちにセルヴァ河へ向かったのは、そうおかしなことではなかった。自家用機の需要がいっきに活発になっていた。日が昇ってから工場に行ったのでは、夜間にできあがった多くても二十機のグライダーを、五十から八十の人々と争うことになる。先手必勝ということわざを胸に、フロダーは午前四時十分ごろにグライダーのエンジンをかけた。

エンジンが吠え、異音を発する。すこししてからグライダーはがくんと動いて浮きあがり、なんとか二十メートルの高さまで上昇した。フロダーは北東に航路をとった。都市マンダレーのわずかな光が背後で遠ざかっていく。それでも暗くはない。フェニックスは球状星団M - 30の辺縁にある。夜空には星々が息をのむような密度で浮かんでいる。夜でも昼のように明るいのだが、その明るさはぼんやりしていて、ものの輪郭を見きわめたり距離を正確に推しはかったりするのがむずかしいこともあった。フロダーは海岸にそって飛んだ。白い砂浜が星の光を照りかえしてきらめいている。ジャングルの暗い壁が曲がりくねった境界線となり、陸地の奥まで引っこんでいるところもあれば、すじのような白波にふれているところもある。それはとても平和な光景で、フロダーは思わず、カンタロの攻撃をもちこたえたあとはどうなるのだろうと考えた。敵は敗北によって……カンタロの撃退はまったく疑っていないが……自由商人をたたいても割に合わないと認めるだろうか？　それとも、一度めにできなかったことを二度めの進攻で果たすため、戦力を三倍に増強して戻ってくるだろうか？　フロダー・ハギンスはフェニックスにいることを気に入っていた。いつかここに住めなくなるかもしれないと考えると、心がざわついた。

セルヴァの河口で北西に航路をとり、グライダーを内陸へ進める。オートパイロットは機能しなくなっているため、手動操縦で河の流れにそっていかなければならない。自動製造工場には二、三分もあれば着く。フロダーはここをよく知っていた。自家用機の製造ホールは河の左岸のすぐそばにある。周辺は広い空き地で、その一部が廃機置き場になっている。数カ月に一度、清掃ロボット隊がやってきて、廃グライダーを集めて加工し、あらたな消費財に使う原料にする。フロダーは製造ホールの上空を二巡し、一日に製造した分を大きなゲートから運びだしておくエリアに、新品のグライダーが十五機以上あるのをたしかめた。最初に目についたのは、すらりと長いライトブルーのグライダーだった。さらに、いまのところ自分しか工場にきていないこともたしかめた。早く出たかいがあったのだ。

フロダーはグライダーを廃機置き場のはしにおろした。まるでまだ刺激を求めるかのように、地面まであと二メートルのところでエンジンがとまった。おかげで荒々しい着陸になった。フロダーは機首の窓に額をぶつけ、悪態をつきながら力ずくでハッチをこじあけた。ハッチは何週間も前に自動ドアの機能を停止しており、自力で押し開けるしかなかったのだ。フロダーはホールへ向かうまっすぐな道を憤然と進もうとした。しかし、ふたたび戻ってきて、まるで親友の肩をたたくように機体の上部にてのひらでふれながらつぶやいた。

「いっしょにいろんな経験したな、相棒。じゃあな！」

そして歩きだした。ホールは川岸と並行に百五十メートルつづいている。できたばかりのグライダーを運びだすゲートは、セルヴァ河に向いている。空き地は川岸の五十メートルほど手前で終わっていた。もともと生えていた草木を広めにのこし、土手が浸食されないようにしてあった。

フロダーはまず、上空をまわったときに目をつけたライトブルーのグライダーを見に行った。グライダーはどれでも自由に選べる。金銭をはらう必要はなく、なにかを差しだす必要もなかった。自由商人の世界は金銭を介さない社会だった。生産手段はみんなのものだった。三千年ほど前にカール・マルクスがうたった理想が、ここでは実現していた……ゆるやかにつながったこの組織で。組織はわずか数千名からなり、内部のトラブルはなかった。みんなの思考が、銀河系の圧制者と戦うというひとつの目的に集中していたからだ。日用品が自由に手に入る状況では、責任感をもつことが求められる。フロダー・ハギンスは、独り身の自分にはライトブルーのグライダーは大きすぎてもてあますと考えた。もっと控えめなものにしておくほうがいいだろう。となりを見ると、ちいさくて地味なグライダーがあった。操縦士以外に二名がすわれ、荷台もあり、フロダーの目的を満たしている。

そのときだった。かれははじめてその影に気づいた。

最初は、置かれてある新品のグライダーのどれかが動いて、星明かりが反射したのかと思った。目をあげると、にぶく光る霧のようなものが見えた。ものすごいスピードで空き地の川岸近くを動いている。空き地と岸をわける草木の数メートル手前でとまった途端に消えた。

「いったいなんだ……！」フロダーはうなった。

光る霧のようなものが最後に見えた場所へ向かう。地面はやわらかい。そこにのこされたほぼ丸形の跡を怪訝《けげん》そうに見つめる。フロダーは周囲を見まわした。

「だれかいるのか?」不安げに声をあげた。

その瞬間、頭をしたたか殴られた。ふらつき、痛みで目に涙が浮かぶ。またあの霧がいる! 鬼火のように動いている。木の枝がふれあって折れる音が聞こえた。得体のしれない存在は川岸の低木林を進んでいった。

そこでフロダーの力がつきた。地面に倒れ、数分のあいだ意識を失った。

目を覚ますと、あたりは静かだった。上体を起こす。にぶい頭痛に苦しめられる。頭をさわってみたが、グライダーの窓にぶつかってできたこぶ以外はなにもなかった。

体験したような気がしたのは、空想の産物だったかと思った。しかし、そのとき、地面にのこった丸形の跡と、河のほうへつづくジャングルの低木の折れた跡が目に入った。それでは思い違いではないのだ。影との遭遇は本当にあったことなのだ。

夜の光景が急に不気味に感じられた。かけ足で空き地をつっきり、二番めに目をつけた褐色の小型グライダーの昇降ハッチを開ける。数秒のうちにエンジンをかけ、機体を浮かせた。高度八十メートルに上昇し、波の白いすじを眼下に見てやっといくらか落ちついた。

フロダーは自宅に戻ると、次から次へと酒をあおった。アルコールがまわるほど、自分の夜の体験がばからしく思えてきた。本当に起きたことだとわかっていたが、説明はできなかった。酔って朦朧《もうろう》としていくなか、ついにベッドに倒れこみ、今夜のことはだれにも話さないと決めた。

4

一一四六年一月十日

あとになってプラドゥ・メン・カアンは、自分がシフトのときにはじめて宇宙船三隻が遠距離探知機でとらえられたのは、ふだんの責任感のたまものだと考えた。けれど、実際のその瞬間は驚きに襲われた。カンタロの攻撃がきたと思ったからだ。三隻の船はぎりぎり探知領域内にいた。航路は明らかにセレス星系を向いている。位置確認のためにハイパー空間から出たところを探知されたのだ。ふたたび超光速飛行に入れば、恒星セレスのすぐそばに物質化するまでわずか数分だろう。プラドゥが状況を考える時間はすこしあった。

最初の驚きから立ちなおると、おそらくカンタロは三隻だけで攻撃しないと思いあった。ロナルド・テケナーがおこなった計算では、敵の連合艦隊は四十から六十の部隊のはずだ。もちろん、こうした確率計算が信用できるとはかぎらない。方程式のパラメーターのひとつが、よくわからないカンタロのメンタリティを扱っているからだ。次の瞬間、ハイパー空間から続々と宇宙船がわきでてくる可能性ももちろんあった。しかし、リフレックスがひとつも増えることなく一分がすぎると、プラドゥ・メン・カアンは最初の考えをあらため、遠距離探知機がとらえた飛翔物体がカンタロの船でない可能性を考えはじめた。

マイクロフォンの光るエネルギー・リングを引きよせ、ハイパー通信装置が星間交信の通常周波数十・三メガヒーフに設定されていることをたしかめる。話しだそうとしたが、最初の音を口にする前に、受信機が反応した。

「宇宙船《オーディン》からフェニックスへ」大きくはっきりした声が星間の距離を越えて届いた。「《オーディン》、《シマロン》、《カルミナ》が自由商人の惑星へ向けて飛行中。着陸許可と友好的な歓迎を願う」

プラドゥのコンソールの斜め上方にスクリーンがある。そこにうつった男を目にして、驚きで数秒、息がとまった。ペリー・ローダン！　プラドゥは気を引きしめなおし、背筋を伸ばしてシートにすわった。映像の接続が双方向でおこなわれていることは、よくわかっている。

「フェニックスから《オーディン》へ」あわてて答えた。「こちらは探知スペシャリストのプラドゥ・メン・カアン、セクター十三から十九を担当。自由商人の惑星はみなさんを歓迎します。着陸手順はご存じですね。フェニックス上空に着いたらすぐに、こちらから方位測定ビームを送ります」

「感謝する。カンタロに動きは？」

「準備は整えてあります。しかし、現在まで姿を見せていません」

「これから数週間のうちに動きがあるだろう。われわれ、たしかな情報を得た。フェニックスへの攻撃が目前に迫っている」

「くればいいのです」驚きから立ちなおっていたプラドゥは、カンタロについて話されるたびに燃えるような怒りを感じた。「顔じゅうを血だらけにして送りかえしてやります」

「われわれ、きみたちを助けにきた」とローダン。「くわしい話はあとでしよう。いまから最後の超光速飛行に入る。通信を終える」

プラドゥは、いつもどおり、通信接続が切れたら画面が消えると思っていた。ところが、消えたのは相手の姿だけだった。映像システムはまだ機能していた。いくつもの色がちらついている。プラドゥは不思議そうに見つめながら訊いた。

「これはどういうことだ？」

「光学装置のトラブルです」サーボが答える。「シャットダウンを試みます」

画面になにかが動いた。背景からぼんやりした影があらわれる。プラドゥははじめ、ヒューマノイドの影を見たと思った。だが、どうやらもっとずっと異質なものだと気づいた。胴体が見てとれるが、まるでやわらかい無定形の物質でできているかのように奇妙に形をなしていない。不格好な頭部らしきものに、触手に似たものがついている。プラドゥはシートのなかで前かがみになり、もっとよく見ようとした。しかし、その瞬間、映像が消え、サーボから報告があった。「トラブルが解消しました。光学装置は機能をとりもどしました」

「いま見えた映像はどこからのものだ？」プラドゥ・メン・カアンは大きな声を出した。

「映像が見えたはずありません。通信障害が起こっていました」

プラドゥを怒らせるものがあるとすれば、それはかれより自分のほうが頭がいいと思っているコンピュータだ。

「わたしは映像を見たんだ」腹を立ててがなりたてる。「どこからか教えろ！」

サーボはプログラミングのおかげで、どんなときに一歩引けばいいかをわかっていた。有機体は非合理的なふるまいをすることがよくある。こんな場合は、有機体の機嫌に合わせる必要があった。

「あなたが映像を見たことはわかっています」サーボはできるだけ相手を落ちつかせる声音《こわね》で伝えた。音声はシンセサイザーが自由にあやつっている。「でもいまは、映像がどうやってあらわれたか説明することができないのです。この件を調べて、しかるべきときに報告します」

「さっきよりはずっといい」プラドゥ・メン・カアンはなかば機嫌をなおしていた。

その後しばらくサーボはなにも告げなかった。プラドゥはコンソールの前にすわり、黙考していた。八日前にも同じような説明不能の現象が起こらなかっただろうか？　ふいに探知画像にあらわれ、すぐさま消えたするどい光点のことをまだはっきりと覚えていた。シントロニクス・ネットがなんらかの理由で故障している可能性を検討してみる。もしコンピュータが誤作動していたなら、消えない画面や存在しないはずの探知リフレックスについてごくかんたんに説明がつく。この件を調べる必要があるだろう。

ただしその前に別件があった。数分後、《オーディン》がふたたび連絡をよこした。《シマロン》と《カルミナ》とともにセレス星系のはしに到着したのだ。プラドゥ・メン・カアンは三隻に方位測定ビームを送るよう手配した。それからロナルド・テケナーに連絡した。

＊

その夜は、話がつきなかった。報告すべきことがたくさんあった。一一四四年二月に、《シマロン》と《ブルージェイ》はフェニックスを出て、ついに実用可能になったパルス・コンヴァーターでクロノパルス壁を突破し、故郷銀河へ進入しようとした。それ以降、両船と自由商人はじかに連絡をとっていなかったのだ。伝令役を介してたがいの情報を得ていた。最初はヴィッダーの《ナルヴェンネ》がフェニックスに飛んだ。それからだいぶたって、イホ・トロトが寄航した。ペリー・ローダン、アトラン、レジナルド・ブルは、過去二十三カ月のあいだに起こった出来ごとを代わる代わる報告した。ダアルショルの逃亡、ウイルス壁との衝突、ヴィッダーとの遭遇。ウウレマでの作戦も、ペルセウス・ブラックホールでのいまわしい宇宙戦も語られた。シシュフォスで起こったことをローダンはたんたんと話した。乗員なしで戻った《CIM＝2》が、敵モノスからの不気味な贈りものを運んできたことを。その後の当惑についても話された。いったい本当の敵とは何者なのか？　モノスと呼ばれる単独の存在か、あるいは、カンタロが〝ロードの支配者〟と呼ぶ集団なのか？

ひとり、後方にすわって、静かに聞いている者がいた。彼女には語れることがたくさんあるだろうに。つねに動きを控えめにすることで、注目を浴びたくない思いをしめしていた。メタバイオ変換能力者のイルミナ・コチストワ。《ペルセウス》がシラグサ宙域の廃棄された研究ステーションを調査中、亡霊に細胞活性装置を奪われた者。もう十八カ月前のことだ。ローダンがフェニックスへの遠征を編成するとき、彼女は《オーディン》に移りたいと願いでて、望みをかなえられた。彼女は老化していた。奪われる数カ月前から、活性装置をはずして別のだれかに使わせ、自分は生まれつき備わったミュータントの力で老化プロセスをおさえられるのではないかという考えをもてあそんでいた。

このゲームは、正体不明の強盗に襲われたことで苦々しい本気に変わった。イルミナは活性装置の喪失を従容《しょうよう》として受けいれた。最初は、メタバイオ変換能力が盗まれた活性装置の代わりを本当に果たしているように見えた。装置をなくした保持者が死ぬとされている六十二時間をもちこたえた。何週間も外面上の変化は見られなかった。その後、ゆっくりと忍びよるようにして老化がはじまった。いまではイルミナ・コチストワは二百歳の老女に見える。だが、彼女はおちつきを失わなかった。メタバイオ変換能力での実験をつづけ、まれにその話をするときは、あと何百年か死にあらがうことをあくまで願っているような印象をあたえた。

ロナルド・テケナーとジェニファー・ティロンの番がきて、フェニックスの進捗《しんちょく》を報告した。テケナーは、ここ数カ月どれほど防衛に尽力したか、手短かに伝えた。描写は控えめだったが、その言葉からは成果に強い誇りを感じていることが聞きとれる。

「あなたたちを歓迎していないと思わないでほしいのですが」報告の最後に、テケナーは笑いながら伝えた。「みなさんの助けがなくてもカンタロを撃退できると思いますよ」

「きみたちの戦力は証明できるだろう」ペリー・ローダンはうなずいた。「われわれの推算では、カンタロは三週間以内に攻撃してくる。問題は、それを防げるかどうかではない。自由商人がすぐれた装備をしていることは疑っていないが、フェニックスを半永久的に防御することはできない。すぐさま避難するよう話すつもりでここにきたのだが、きみの報告を聞いて意見が変わったよ。カンタロに手痛い敗北を負わせられそうとはすばらしい。そんなチャンスをのがしてはいけない。しかし、それでも、フェニックスから撤収する必要はある。カンタロの撃退にどうしても必要なものだけをここにのこすのがいいだろう。いまここには何隻の船がある?」

「われわれの船が十四隻です」とテケナー。「サトラング上空の軌道からいくつかもってきたので。さらに、銀河系船団の船が七隻あります」

「合わせて二十一隻か。防衛に必要ないものはすべて運びだしたほうがいいだろう。自由商人の所有物も、防御に関係ないものはもっていこう」

「クロノパルス壁とウイルス壁を越えられる船はかぎられているのではないですか」

「ヘレイオスで、パルス・コンヴァーターの量産に入っている」ローダンは説明した。

「いまフェニックスにある船の三倍に設置できるくらいの数はそろっている。ウイルス壁には、コンピュータ・ソフトウェアがあればいい。よければこのあと、必要なデータをそちらの船に転送しよう」

その後の話しあいで、自由商人船八隻と《ラクリマルム》ができるだけすぐにヘレイオスへ向けてスタートすることが決まった。八隻はカンタロとの戦闘にあまり適していない。《ラクリマルム》はもともと研究船で、タルカンへの遠征中もほかの船に守ってもらわなくてはならなかった。惑星フェニックスにいるのは、この時点でまず自由商人が約四千五百名……ローダンが故郷銀河へ向かって以来、あまり大きな動きはとっていないため、基本的に全員が基地にいる……それから七隻の銀河系船団の乗員たちだった。ロナルド・テケナーとジェニファー・ティロンはともに、今回の戦闘には要員の四十パーセントがいれば充分だろうと推算した。自由商人の大半と、銀河系船団で戦闘にかかわらない乗員は、五十時間以内にジャングル惑星へレイオスの安全な場所へ向かうことができる。

もちろん、この件をフェニックスの住民とよく話しあう必要があるだろう。自由商人の組織は、それぞれの考えをもった者たちがよりあつまってできている。危急のとき以外、受けいれられる権威などない。たしかにロナルド・テケナーとロワ・ダントンは組織のリーダーとみなされているが、指示を出す特権は戦闘状況にあるときにかぎられている。

「この計画のメリットをわかってもらうのはむずかしくないと思います」ジェニファー・ティロンが思案しながらいった。「ひとつ大事なのは、できるだけはやくみんなに伝えることです」クロノメーターを見あげる。日の出まで一時間はあった。「もう起きている者がいますね。それでははじめましょう」

ほほえみながら立ちあがり、通信コネクタのある隣室へ行った。まもなく、決まったばかりの計画の詳細をていねいに伝える声が聞こえてきた。

＊

イルミナ・コチストワはまだ休みたくなかった。東の空が赤くなりはじめるころ、ロナルドとジェニファーの家からすぐの砂浜におりていき、波がたわむれるようすを見つめた。まるでみずから発光するように、白波が星明かりに光っている。

彼女は小都市に背を向け、マンダレー湾の静かで広大な水面を眺めた。以前は生き生きと社交的だったミュータントは、このところ、ひとりでいたがることが増えていた。考えることがたくさんあった。周囲に見せる楽観は、同情から身を守るための仮面、偽装だった。イルミナ・コチストワは、細胞活性装置の喪失をメタバイオ変換能力でずっと埋めあわせられるとはもはや思っていなかった。自分は死にゆく存在だ。もうしばらくは死をとめられる……でも、どのくらい？　数カ月か、数年か？　それでも、終わりがくるのは避けられない。

そう認識しながら、ある程度の平静をたもつのは容易でなかった。この何百年のうちに、仮想の不死というものに慣れていた。いや、すっかりそれに慣れ親しんでいた。細胞活性装置保持者という精鋭メンバーに入れた運命に感謝していた。あらゆる思考生命体のために役だち、従来の医療技術ではどうにもできない治療をおこなうという、偶然によって手に入れた恩恵を喜んでいた。

それがすべて終わるというのか？　《ペルセウス》でのおそろしいあの日から、答えのない問いが何回も何回も頭をめぐった。活性装置を盗んだあの亡霊は何者なのだろう？　形はないように見えた。血肉のある生命体ではなく、むしろ影のような。あれが自発的に貴重な装置を求めたとは思えなかった。だれに命じられて動いたのか？　どうも、計画的に活性装置を集めている者がいるように見える。最初……銀河系船団の船がまだ停滞フィールドにつかまっていたころ……ガルブレイス・デイトンが襲われた。支配者であるカンタロにデイトンは命を救われた。リミットの六十二時間のうちにドロイドに変えられ、合成意識をあたえられ、活性装置がなくても生きていけるほどのシントロニクス機器をからだにとりつけられた。次の犠牲者はジェフリー・アベル・ワリンジャーで、そのときはじめてのシュプールが得られたと考えられている。サトラングの上空でも影のようなものが観察され、探知機で解明できなかったのだ。探知スクリーンを見た者は、ワリンジャーを殺したのはカンタロだと思った。カンタロの船は対探知システムを備え、ギャラクティカーの探知機からはあちこちに揺れ動く鬼火のように見えるからだ。ワリンジャーは一一四三年五月に息を引きとった。一一四四年七月にシラグサ

・ブラックホールで活性装置が奪われたときには、改良版のマキシム＝探知システムが《ペルセウス》にすでに搭載されていた。このシステムはカンタロ艦を完全にとらえることができる……少し時間はかかるが、信頼性はくりかえし証明されていた。

それでは亡霊は何者なのか？　細胞活性装置を集めているのはどういうことなのか？カンタロでないなら……いまやカンタロ艦であればマキシム＝探知システムで完全にとらえられるのだから、この点はまちがいないだろう……敵はいったい何者なのか？　イルミナ・コチストワの頭に、ヘレイオスからフェニックスへの航行中にローダンが口にした考察が浮かんできた。事態はよくわからなくなっていた。カンタロは、命令をくだす者たちを〝ロードの支配者〟と呼んでいる。けれど、ペリー・ローダン自身の敵は明らかに単独の存在で、それゆえにモノスと呼ばれているという。銀河系の圧制者として動く者たちの権力構造は、一年前の時点より謎が増えていた。この謎のなかに……もし解けるのであれば……一見意味のわからない活性装置強奪の説明が見つかるのかもしれない。問題は、わたしがそれを知ることがあるかどうかかね、そう彼女は重い気持ちで考えた。

眠気がからだをつつみはじめる。都市マンダレーが熱帯に位置するとはいえ、日の出直後はかなり涼しかった。三十時間眠っていない者には、暖気のとぼしさがことさら身にしみる。イルミナが戻ろうとしたとき、海上をやってくる薄明るい霧のようなものが見えた。最初は、とくに大きな白波かと思った。けれど、朝のはじまりに海は凪《な》いでいた。大きな波などなかった。

光はまっすぐこちらに向かってくる。イルミナはしゃがみこんだ。怖かった。もう二十メートルもないというところで、ターゲットに狙う価値はないと気づいたかのように、光る霧はコースを変えた。イルミナはじっと待った。ふりむいて、影がどこへ向かったかたしかめる勇気はない。先ほどよりもずっと強い冷気を感じる。いままであんなに静かだった朝の空気のなかに、不気味な音がしていた。

数分待った。音はいつのまにかやんでいる。彼女は立ちあがり、膝の砂をはらった。それからやっとふりむいた。小都市の庭や屋根が、朝焼けに染まっていた。霧のようなものは消えていた。増していく明るさにのみこまれたのかもしれない。

平和な光景ではあったが、だからこそ気が楽にはならなかった。冷気がいまだに感じられる。ここにいてはいけないものがここにいたのだ。不安が残った。

5

一一四六年一月十四日

アノリー語はカンタロ語の親戚で、しわがれ音と舌打ち音のためにテラナーには習得できない言語だった。アンブッシュ・サトーは、デグルウム、ガヴヴァル、シルバアトとトランスレーターで会話するしかなかった。それは残念なことだった。外部の補助なく言葉を交わすときに本当の理解がなりたつと、サトーはとくに実感しているからだ。そのため、自分が伝えることは明確かつ簡潔にまとめ、シントロニクス制御の翻訳機にむずかしくならないようにした。

「わたしは超高周波ハイパー放射線の等方性の差異を確認しました。そのさいに集まったデータを使って、ひとつの送信機の推定位置をつきとめました。あなたに協力をお願いしたいのです」

サトーが話す相手はデグルウムだった。シルバアトとガヴヴァルは研究中だという。

「どういった形でわれわれが手伝えるだろうか？」

デグルウムはサトーよりかなり大きく、二・一メートルほどあった。うしろに大きく突きでた細長い頭部は、脳の大きさをうかがわせる。額はとても広い。実際の顔となる部分には、ちいさくまるい目、がっしりとした鼻、唇の厚い口があり、顔面の下半分におさまっていた。上唇はとくに厚みがあり、そのすぐ上にグレイのちいさなシートが埋めこまれ、一瞥《いちべつ》したところではあざのように見える。実際はマイクロシントロニクスで、デグルウムの意識中枢とつながり、〝共感バロメーター〟と呼ばれていた。左の耳たぶには、輝くちいさなクリスタルがついていて、こちらは〝アドバイザー〟と呼ばれている。高性能のマイクロコンピュータだ。アノリーという種族には、生まれながらにもつ能力をシントロニクス機器で拡張する傾向があった。アノリーの分派であるカンタロはこの傾向をさらにおしすすめ、みずからドロイドとなり、心身の機能のほぼ半分をシントロニクス・モジュールで制御していた。

「宇宙船が必要なのです」デグルウムの問いに超現実学者は答えた。「ヴィッダーからはヘレイオスを離れる許可を得ています。けれど、わたしが使える船がないのです。もしかしたらあなたたちがこの件に興味をもって、いっしょに飛んでくれるかと思いまして」

デグルウムはすこし考えた。

「お望みの協力はしてあげられるでしょう。ガヴヴァルとシルバアトと話しあう必要があるが、かれらに異議はないはずです。いつ発つつもりですか？」

「できるだけすぐに。われわれは重要な件を追っています。わたしの想定では、銀河系の圧制者は星の島全体に広がるハイパー通信網を築き、そこから信号を送ってカンタロの行動をコントロールしています。この通信網の機能方法を知るのがわれわれ全員にとってどれほど重要か、説明はいりませんね」

「その話はすでに聞いたし、あなたの見解も共有していますよ。ガヴヴァルとシルバアトと相談させてください。一時間以内にはスタートできると思うので」

アンブッシュ・サトーはあらたまっておじぎし、感謝の意をしめした。

＊

ヘレイオスに戻って数週間のあいだ、超現実学者は猛烈に働いていた。ヴィッダーは話がはやく、中央高地の岩石に埋めこまれた未使用の一画を自由に使わせてくれた。サトーは十日かけてロボット連団を働かせ、望みどおりに部屋を整えた。広い研究フロアができあがり、《オーディン》と《シマロン》にのこしてきた機器が設置された。居室や多目的室も用意した。カンタロの将軍候補生だったショウダーにはそばに個室があたえられた。ショウダーはサトーが預かることになっていたからだ。だがまずは医療技術者のケアを受けてもらう。カンタロが完全に回復したら、すぐにくわしく話を聞くつもりだった。

アノリー三名にも研究室の区画に入居してもらった。かれらには種族の好みに合った居室を用意した。デグルウムとガヴヴァルとシルバアトは、サトーの実験や研究にかなり関心をしめしていた。三名は……繁殖惑星サンプソンでの出来ごとのあとでさえも……カンタロが本当にヴィッダーの思うような野蛮な悪党なのか、信じられずにいた。そして、超現実学者がショウダーとの対話をはじめるときには同席したいと望んだ。測定結果をもとにサトーが存在を想定するハイパー通信網についても、強く知りたがった。当然だ。もしそうした通信網が実在し、サトーが推測したとおりに機能しているならば、カンタロがこれほど変質した理由を説明できるかもしれないのだ。超高周波ハイパー信号でドロイドを制御する勢力がいるなら、カンタロ自身に行動の責任はないことになる。カンタロが悪くいわれる残虐行為は強制されてしたことになる。アノリー三名にとって、これを証明することは……いってみれば種族的に重要だった。カンタロは、たとえ変質していたとしても、アノリーの分派なのだから。

以上にくわえて、現在はデグルウムたちの手があいているという状況もあった。三カ月前、かれらは銀河中枢部の辺縁にプロパガンダシステムをしかけた。平和スピーカーと呼ばれるもので、ひとつの中央ユニットと十二のハイパー通信衛星でできていた。この衛星を介して、音声や映像のメッセージを流し、カンタロに出自や道徳的義務やアノリーとの関係を思いださせようとしたのだ。平和スピーカーはどちらかというと実験としてはじめられ、銀河系全体のごく一部だけにメッセージを送っていた。ところが、この実験が驚くほどの成果を見せる。メッセージを聞いたカンタロのなかに動揺が起こり、騒ぎが大きく広がってきたため、銀河系の圧制者はプロパガンダシステムに対処せざるをえなくなった。衛星が次々に無力化され、アノリーは測定データから中央ユニットも消えたことをたしかめた。平和スピーカーの実験は終了し、こうした実験をさらにおこなう意向も理由もなかった。

そのため、デグルウムは苦もなく、サトーの願いに応えるのは自分たちのためになることをシルバアトとガヴヴァルに納得してもらえた。デグルウムの言葉に誇張はなかった。超現実学者と別れて五十分後、《ヤルカンドゥ》はスタートの準備ができていた。

サトーが方位測定した送信機の推定位置は、セリフォス星系から十八光年も離れていない。この測定結果に超現実学者はたいへん悩まされた。ひとかたならぬ手間をかけ、装置を最高感度に調整して、やっと測定に成功したのだ。謎めいた放射線の等方性が、ほぼ均等に分布する多数の送信機によるものならば、こんなに近くの送信機の測定に手間がかかったのは、通信網がとほうもなく密に張りめぐらされているからとしか考えられない。そのとなりの送信機は、おおまかな計算では、ここから三十光年以内にあり、さらにそのとなりは四十光年以内にあるはずになる。超高周波放射線の均質性は、送信機同士の間隔が平均して十光年以内の通信網でしか作れないことになる。

アンブッシュ・サトーにはそれはありえないように思えた。銀河系全体をおおうには、たとえ銀河主平面のごくうすい面だとしても、数兆の送信機を設置しなければならないだろう。圧制者が権力の座について、まだ六百五十年はたっていない。六百五十年もしないうちに、こんなプロジェクトを達成することはできない……たとえ、モノスだか〝ロードの支配者〟だかが有する技術について、どれほど空想をたくましくしたとしても。

そのため、超現実学者は別の可能性を検討した。超高周波ハイパー放射線の実験をはじめたのはかなり最近のことだ。ペルセウス・ブラックホールでの災い以降は特殊な状況にいたため、長距離実験をおこなう機会がなかった。超高周波がハイパー空間をどのように伝わるか、サトーはわからなかった。ハイパーエネルギー物理学者が〝ハイパー真空の特性インピーダンス〟と呼ぶ現象がある。この抵抗のせいで、ハイパー通信信号ははてしなくは伝わらず、到達距離が制限されるのだ。ハイパー真空の特性インピーダンスが周波に作用するのならば、超高周波信号というのは、もっと低い周波数のインパルスよりも伝わるときのロスがはるかにすくないのかもしれない。その場合、敵の通信網は、サトーがこれまで……従来のハイパーエネルギー物理学の知見にもとづいて……

想定していたよりもずっと目が粗い可能性がある。なぜなら、ロスがすくなければ、千光年も遠くの送信機の信号が、十光年しか離れていないものとほぼ同じ強度で届くことになるからだ。

超現実学者がこうした考察をしているあいだに、《ヤルカンドゥ》は測定ポイントへ向かって飛んだ。航行は数分しかかからなかった。中世の弓のような形をした船がハイパー空間から四次元連続体に戻ると、センサーが作業をはじめた。サトーはかなり待つことを覚悟していた。ハイパー通信網の送信機はつねに働いているわけでなく、ときには何時間もあく不規則な間隔で信号を発するからだ。しかし、覚悟していた忍耐は必要なかった。十分もしたころにはセンサーふたつが反応した。センサーがデータを記録し、そこから船載コンピュータが作成した図表には、敵のハイパー通信網のインパルス群が、解明できないながらも特徴的な形でしめされていた。あらたなデータから得られた方位測定は、誤差率がわずかプラスマイナス〇・八光秒。《ヤルカンドゥ》は測定ポイントへ向かってわずかに飛行した。走査機が働きだし、数分のうちに見たことのない物体をとらえる。よくあるポリマーメタル製で、体積は一立方メートルほど。ゾンデを送りだし、物体を近くから調べる。筒形の物体で、直径は八〇センチメートル、高さは二メートルあり、まるで旧暦の一九八〇年代や一九九〇年代に何百機も地球の軌道をただよっていた通信衛星のような見ためだった。太陽光パネルだけがない。活動に必要なエネルギーは、内部のどこかにある供給源から得ているのだろう。

アンブッシュ・サトーは予防措置を怠らなかった。機器を許可なく動かすと作動する自爆機能があるかもしれない。複数の特殊ロボットが一時間かけて衛星を調べ、そうした機能がないことを……未知の技術に対していえる範囲で……たしかめた。それでも超現実学者はリスクをおかさなかった。ロボットに衛星を船内に運ばせ、船首に近いキャビンに入れる。このキャビンは、第一に船のあらゆる重要部分から遠く、第二に装甲で補強してあった。ロボットは調査と透視検査をつづけ、《ヤルカンドゥ》がヘレイオスに戻るころには、構造と回路の図面が並んでいた。それを見てサトーは、異郷の技術でできているが、なじみの原理をもとに作られ機能するものだと思った。

その日以降、超現実学者はもちかえった衛星に専念し、将軍候補生のショウダーにも、膨大なデータの一部しか解読できていないモトの真珠にも、時間がとれなかった。デグルウムとガヴヴァルとシルバアトはサトーを手伝った。かれらの専門知識はとても役にたつことが証明された。サトーは送信機を分解したが、そのさいは非常に用心してことを進め、きわどい作業は遠隔操作のロボットにおこなわせた。エネルギー源をとりはずすと、それは単純な構造のグラヴィトラフ貯蔵庫だった。これでもう送信機が信号を発することはない。ハイパー通信網を構成する機器の所在を、敵が測定できる可能性はおおいにあると思っていた。それによって基地惑星ヘレイオスの位置をつかまれることは絶対に避けなければならない。

アノリーの判断によると、衛星の製造に使われている技術の大部分は〝きわめて高い確率でカンタロのもの〟だった。アノリーの製造原理や加工法との類似を見てとったのだ。ちがう部分については、カンタロの技術は、ネイスクール銀河を離れてからアノリーとは別の発展の道をたどってきたのだろうと説明された。サトーは最初、送信機がかなり原始的な造りであることを見て驚いた。故郷銀河の技術なら、原理的には千五百年前には同じくらいの品質のものが作れそうだ……ただし、超高周波放射線にどう手をつけて扱うか、銀河系の技術者にはいまだにわからないという副次的問題を無視すればだが。衛星の構造は、コントロール・コードを受けとったあと、さまざまな波形のインパルス群を超高周搬送波に変調して放射するようにできていた。

すこしの検討ののち、超現実学者は、機器が原始的なのはまったく理にかなったことだと考えなおした。銀河系の圧制者は、権力を奪ってカンタロを手先にしたとき、このコントロール・システムをすぐさま設置する必要があった。時間と手間をはぶくため、できるだけ単純な構造を選んだのだ。サトーはいつしか……相応の理論や測定を介すことなく直感的に……超高周波放射線はハイパー空間でほかの周波よりも受ける抵抗がすくないことを確信していた。それでも〝コントロール通信網〟が……この言葉は自然とサトーの頭に浮かんできた……本当にもれなく信号を送るのであれば、数千万機の衛星でできているはずだ。四千万、五千万の機器を必要とするコントロール・システムをできるだけはやく実用化しようとすれば、個々の機器の製造にはできるだけ手間をかけないものだ。

ここまではわかった。本当の秘密は、約二立方センチメートルのモジュールのなかにある。これについては、サトーもアノリー三名もどう手をつけていいのかわからなかった……極小片にまで分解してみても状況は変わらなかった。古いテラの科学者の伝統にしたがい、超現実学者はその謎に満ちたモジュールを〝ブラックボックス〟と名づけ、とにかくこれはブラックボックスで、どのパルスシーケンスを送るか衛星に教えるものだと想定した。要するに、この小型モジュールの秘密を解明しないかぎり、コントロール通信網の機能方法はわからないらしい。

全世界が天才とみなすサトーが、この課題は自分の手に負えないと考えていた。アノリーたちも助力できなかった。ブラックボックスの謎を統計的手法でつきとめるには、大型コンピュータ数十台を組みあわせた能力が必要になるだろう。ヘレイオスには数十台の大型コンピュータはないし、もしあったとしても、従来の思想家から見ればあやしい研究をしている細身で大頭の科学者には自由に使わせてくれないだろう。ヴィッダーという組織の基地は自身の安全を担わなくてはならない。この目的のためだけに、現存するコンピュータの能力すべてが必要なのだ。

銀河系の支配者がカンタロを制御するコントロール通信網のいち機器を、サトーはもちかえっていた。しかし、支配者はいったい何者なのかという問いの答えには、まだ一歩も近づけなかった。

すくなくとも、いまのところはまだ。

6

一一四六年一月二十四日

「きのうフロダー・ハギンスと話したのだけど」ジェニファー・ティロンがいった。

「奇妙な話を聞いたの」

彼女の口調はいつになく真剣だった。それまで、ロナルド・テケナーとティロンの家での朝食は、気軽な会話で進んでいた。ジェニファーの発言は、ちいさな集まりの参加者を……計五人が集まっていた……やや驚かせた。

「どんな話なんだ？」テケナーが不思議そうに訊いた。

「本当は話したくなかったみたいなの」ジェニファーは答えた。「ついぽろっと口から出てしまったようで。わたしが興味を引かれたらどうなるかわかるでしょう。すべて話すまで離さなかったわよ。フロダーは三週間ちょっと前に、夜なか、セルヴァ河ぞいの工場に新しいグライダーを見にいったそうで……」

一月二日の夜にフロダー・ハギンスが体験したことを彼女は報告した。話はかなり芝居じみていた。もともと、フロダーは自分の夜の体験について口を閉ざすつもりでいた。けれど、いつものおしゃべりで口をすべらせたとき、自分が笑いものにならないように話を飾ることにしていたのだ。

「それは奇妙ね」ジェニファーの報告が終わると、イルミナ・コチストワが告げた。「わたしもここに到着した夜に同じような体験をしているの。亡霊がこわかったので、思いださないようにしていたけど」

イルミナは体験を語ると、最後にこういった。

「シラグサ宙域での出来ごと以来、過敏になっているのだと思うわ。きっと専門家なら、街灯ガスの靄《もや》を見ただけだとでもいうでしょう。冷気を感じたのもたぶん気のせいね」

それから活発な議論がはじまった。ロワ・ダントンはイルミナと同じような考えで、彼女とフロダーのどちらの体験も自然現象だろうと述べた。ロナルド・テケナーは、フロダーの生活習慣、とくに飲酒関係についてあまりこころよくないコメントをいくつか口にした。しかし、そのコメントはすぐさまジェニファーに否定された。彼女は強く反論し、フロダーは信頼できる仲間だといって弁護した。イルミナ・コチストワは、いつもどおり、ときおり短く発言するくらいで控えていた。ペリー・ローダンは議論にまったく加わらなかった。

しまいにローダンは手をあげた。この動きで、会話はすぐにやんだ。

「こうした件を見過ごしてはいけない。われわれ、すでに何度も亡霊に遭遇している。いつも好ましからぬ状況で。はじめはサトラング……」

「それはカンタロでしょう」ロワ・ダントンが言葉をはさんだ。

「確信はあるか？　一一四三年に停滞フィールドから出て、故郷銀河のハロー部へ向かったとき、カンタロ艦に出くわした。艦には高性能の対探知システムがついているため、われわれの探知機では、あちこちに揺れ動く影としかとらえられなかった。サトラング上空で目撃した亡霊をカンタロだと判断するのは、われわれにとってまったく当然のことだった。しかし、ごく最近起こったことを考えてみろ。《ペルセウス》も亡霊に出くわしたのだ。あれがカンタロということはありえない。《ペルセウス》もほかの船と同じく、カンタロ艦を完全にとらえられるマキシム＝探知システムを装備していたのだから」

「カンタロが対探知システムの性能をあげた可能性もありますよ」テケナーが異議をとなえた。

ローダンは肩をすくめた。

「それはありうるだろう。だが、その可能性がとくに高いとはどうにも思えない」

しばらく沈黙が満ちた。それから、イルミナ・コチストワがつぶやくのが聞こえた。

知機の記録を四、五週間分、調べたほうがいいな」

「もしフェニックスに亡霊がいるのなら、なんらかの方法でここに着陸したはずだ。探

「どうすればいいのでしょう？　この状況でできることは？」

ジェニファーがローダンに顔を向けてたずねた。

「こわいわ。亡霊がこわい」

＊

防戦の準備はすんでいた。自由商人船八隻と《ラクリマルム》は一週間前にスタートしていた。四千名超の男女と、防衛に必要ない資産すべてが運びだされ、いまごろはもうヘレイオスに着いているはずだ。船には早急にパルス・コンヴァーターをつけ、船載コンピュータにはウイルス壁攻略に必須のソフトウェアを転送してあった。パルス・コンヴァーターの技術とウイルス対策アルゴリズムは何倍にも信頼性をあげており、九隻の航行の安全を心配する必要はなかった。

ペリー・ローダンはフェニックスで戦略計画にあたっていた。のこった自由商人船六隻のうち、半分はフェニックスに、もう半分は衛星ステュクスの火口壁の溝に駐留している。銀河系船団の《ハーモニー》もフェニックスにのこった。この船にはいまだれも乗っていない。ローダンの計画では、オファルの名歌手の船は、カンタロとの戦闘が終

わりしだい《オーディン》に積みこむことになっている。サラアム・シインは《オーディン》に乗っていた。かれは単独でヘレイオスへ飛んでもよかった。だが、友のベオドゥとグッキーから離れたがらず、ついにはここにのこることを認められた。《ハーモニー》は戦闘にまったく向いていなかった。そこで、大陸ボニンの中央高地にある宇宙港で、地下深くの格納庫に隠してあった。ここなら、予想に反してフェニックス自体がカンタロの砲撃を受けることになっても、船にはなにも起こらないだろう。

《リンクス》と《ケフェウス》と《シグヌス》は、セレス星系最外側の惑星ウルティマに送った。《モノセロス》と《ヘラクレス》は、恒星にいちばん近い惑星ポルタに駐留している。ローダンは戦力をできるだけ広く配置し、カンタロがどの方向から進撃してきても、最大限の成果をあげて対処できるようにしていた。

戦闘に強い《オーディン》と《シマロン》と《カルミナ》は、恒星セレスの対探知範囲内にいた。フィールド・バリアをめいっぱい張って、恒星光球層の表面すれすれを浮遊している。ハイパーエネルギー発射性核から出る雑音のせいで、通常であれば、外部との通信はいっさい絶たれることになる。しかし、ゾンデを送って、雑音のすくないコロナの半真空に浮かばせ、フェニックス、ポルタ、ステュクス、ウルティマの司令センターとの接続を維持した。

フェニックスのローダンたちには、スペース＝ジェットを用意しておいた。飛来するカンタロ艦隊を遠距離探知機がとらえたら、瞬時にセレスへ飛んで《オーディン》に乗船する。《オーディン》は防衛船団の旗艦だ。その司令室から対カンタロ戦の舵をとる。

戦略としては、敵艦がハイパー空間からあらわれしだい、セレス星系の惑星と衛星にある宇宙要塞から遠距離砲で砲撃を浴びせる。カンタロ戦闘艦の防御装備についていまわかっている情報をもとに出された統計的結果予測では、敵艦隊が最外側惑星の軌道を越える前に、その二十から三十パーセントが無力化できると見こまれている。

おもにウルティマに置いた宇宙戦闘機は、第二の防衛線となる。二十五パーセント程度の戦力がなくなれば、カンタロは一時的に混乱するだろう。その動揺の瞬間に、宇宙戦闘機が攻めかかるのだ。操縦士には、個々の安全を重視し、不要なリスクを負わないように伝えてある。だが、ロナルド・テケナーの先見的計画のおかげで、ロボット制御に作りかえた戦闘機が二百機以上あり、こちらには行動の制限はない。ローダンは敵の戦力を当初の三分の一に減らせると考えていた。これほどの損失にカンタロがどう反応するかについては、結果予測では言明されなかった。ドロイドのメンタリティ……そして、命令者からどのように制御されているか……は依然として充分にわかっていない。戦闘機の攻撃を受けて敵が逃げてくれれば、危機は乗りこえたということだ。反対に、フェニックス方向へ進軍をつづけるならば、フェニックスやステュクス、ポルタ、ウルティマに駐留する戦闘船が介入する必要がある。

ローダンは、カンタロの襲撃を防ぎおおせると確信していた……ただし、ドロイドの戦略について計算をすっかり誤っていれば別だ。その場合の備えもしてあった。広範かつ詳細な避難計画を作りあげていた。最大航続距離が三光月の亜光速戦闘機にまで、対策を用意してあった。

遠距離探知機の知らせで、敵艦が二百を超えている場合は、避難計画が実行される。

＊

奇妙な現象があった夜に勤務していた探知スペシャリスト、プラドゥ・メン・カアンを見つけだすまで、数時間かかった。このアコン人は、大陸ボニンの中央高地の手前にある山々で、自由時間の大部分をすごす。美食家を自称するかれは、おいしいサラダになりそうな地野菜を探していた。ロナルド・テケナーが何度も発した呼びかけは、答えもないまま山に消えた。午後がはじまるころになってやっと、捜索情報に驚いたプラドゥが、都市マンダレーから三千キロメートルほど離れた北西海岸の近くから連絡をよこした。

テケナーがコンピュータから呼びだした問題の映像は、現地で……つまり、地下宇宙港の探知機センターで見ることになった。テラ標準時間の十六時、ふだんプラドゥ・メン・カアンが勤務する作業室に一同が集まった。

記録が再生される。探知スクリーンの映像にするどく光る奇妙な点があらわれ、すこしのちにふくらんで形を失うと、つかのま映像全体があわい光で満たされた。シントロニクスが、そのときプラドゥと交わした会話を再生する。

「この件を軽く見たわけではないんです」アコン人は弁解した。「この現象を論理的に説明できそうなどんな前例もあげられませんでした。それで、四十八パーセントしか確率がなくても、過渡現象による機器障害だろうというシントロニクスの言葉を受けいれたのです」

「きみは悪くない」ペリー・ローダンは興奮する探知スペシャリストをおちつかせようとした。「きみは責任をもって対処してくれた。いま調べている現象は、まったく未知のものだ。この亡霊探知を正しく説明できる者なんてごくわずかだろう」

ロワ・ダントンとジェニファー・ティロンが同行していた。ローダンはふたりに顔を向けた。

「あらわれ方がつねにちがうな」真剣な声で告げる。「サトラング上空とシラグサ宙域では見え方がちがった。ここではまるで新しい反応を見せている。それでもわたしは、これがサトラングや《ペルセウス》と同種の現象だということを疑わない。フェニックスにもぐりこんでいる影があり、その目的は確実に好ましいものではない」

「問題は、どうやってつかまえるかですね」ジェニファー・ティロンはなにか考えこんでいる。「わたしがフロダー・ハギンスの体験を聞いたのは本当にたまただったんです。もしかしたら、亡霊に出くわして、それを話さずにいる者がまだいるかもしれません」

「この件を公表する必要がありますね」とロワ・ダントン。「みんなに呼びかけます。ここ三週間のあいだに、よくわからないものを見た者は報告するように」

「あの影がフェニックスでなにをしようとしているのか、わかればいいのですが」プラドゥ・メン・カアンがつぶやいた。「なにが目的なんでしょう?」

答えは返ってこなかった。考えに沈みこんだプラドゥは、ローダンとダントンとジェニファーが真剣な視線を交わしあっていることに気づかなかった。サトラングと《ペルセウス》での出来ごとは、ローダンたちの意識に深く刻まれていた。亡霊は災いを意味していた。ジェフリー・アベル・ワリンジャーは命を落とすことになった。イルミナ・コチストワは老化がはじまり、彼女がどれだけ楽観を装っていようと、あとどのくらい生きられるかわからない。亡霊は苦しみをもたらした。だれもプラドゥの問いに答える気になれなかった。しかし、答えの中身はだれにも明白だった。わからないのは、こんどはだれをねらっているのかということだけだ。

一月十日にプラドゥが目撃した件については記録が存在しなかった。アコン人は、急に映像にあらわれた姿がどんなふうだったか語った。だれもこの出来ごとを説明できなかった。シントロニクス・ネットは通常とても信頼性が高く、光学通信の操作でまずまちがいは起きない。それでも、プラドゥが専門家のいうところの〝ゴースト〟を目撃した可能性、つまり一時的な誤作動による幻影だった可能性は排除できない。

とはいえ、その可能性を信じようとする者はいなかった。プラドゥが見たのは〝ゴースト〟でも幻影でもなく、亡霊そのものだ。なぜこうした形で姿を見せたのか、なぜ光学通信網に入りこんだのか……その日の時間が進んでやっと理由がわかってきた。

＊

呼びかけは思いもよらない成果をあげた。テラ標準時間二十時までに、ここ数週間で不可思議な現象を見たという自由商人が十四名あらわれたのだ。大半のケースは害なくすんでいた。しかし、十四のうちの三名がフロダー・ハギンスと似たような体験をしていた。なにかと接触し、強く殴られていた。七名がふいにあらわれて消えた鬼火のような光について語った。四名が急に寒くなったと感じていた。また、動きは幽霊じみているのに、影に実体があるかのような事態を目撃した者もいた。地面に丸形の跡を発見したケースもあれば、亡霊が去るときに大きな音を立てて草むらや低木林を進んだと報告するケースも五件あった。

十四件の報告は克明に記録された。ペリー・ローダンは目撃地を記した地図をコンピュータに作成させた。影は大陸ボニンの南東地区のさまざまな場所で見られている。プラドゥ・メン・カアンとフロダー・ハギンスとイルミナ・コチストワの体験を合わせると、計十七件。地図上の分布のようすはばらばらだ。すくなくとも、影がどこを目標にしているかは読みとれなかった。

「われわれが探す物体、いや存在か、そいつは先進的技術の機器を使えるのに、位置の把握にてこずっているような動きを見せている」コンピュータが出した解析をローダンは総括した。「あてなく動き、どこへ向かうかわかっていないようだ」

「シラVIIステーションで」イルミナ・コチストワが重苦しい声を出した。「あのときも、亡霊は混乱しているような印象でした」

「そいつにはまちがいなくはっきりした目的がある」ローダンがつづけた。「ただ、われわれにはあたりまえの環境で、位置を把握することがむずかしいのだ。フェニックスのいたるところにあるシントロニクス機器を使って、位置を知ろうとしているのではないだろうか。そうしているうちに、光学通信網に入りこんだのだろう。プラドゥ・メン・カアンの見たものはこれで説明できる」

「これはいったいどのような存在なのでしょう?」ジェニファー・ティロンが不安そうに訊いた。

「われわれにはアクセスできない存在平面にふだんはいるものだろう」ローダンは答え

た。「たとえば、通常はハイパー空間にいるものなら、四次元連続体で位置を把握するのはむずかしいだろうな」

「そんな鬼火、どうやったらつかまえられるんです?」ロナルド・テケナーが腹立たしそうにうなった。

インターカムが音を発し、ローダンは問いに答える機会を失った。残念には思わなかった。答えが見つかりそうになかったからだ。ジェニファーがサーボに声をかけると、部屋の中央にスクリーンがあらわれた。プラドゥ・メン・カアンの姿がうつしだされる。興奮したようすだ。

「これが役にたつかわかりませんが」プラドゥは口早に告げた。「あらたな亡霊探知がありました……今回のはすぐ近くです」

＊

みんなは記録を見つめた。短距離探知機の記録にはぼやけたリフレックスがうつり、ここから二百キロメートルも離れていない地点で一瞬の動きを見せていた。リフレックスは突然あらわれると、そのまま突然消えた。プラドゥ・メン・カアンは、シントロニクス・ネットにこのポイントの推算をさせていた。結果からはたいしたことはわからなかった。リフレックスがあらわれたポイントは、セルヴァ河上流のジャングルのただなかだった。コンピュータによる算定座標は、誤差率がプラスマイナス二十キロメートル。得体のしれない存在の進路は都市マンダレーに向かっているようだが、確信はない。リフレックスが消えたポイントについては、シントロニクスは言明しなかった。こちらの座標は推算不能だった。光学映像ではリフレックスはそのまま進んで見えるのに、進路の最後について探知機が出したデータは、フェニックスから二光分以上離れたポイントだった。近距離探知機の適用距離は二十万キロメートルしかないため、これは未知の存在の対探知システムによって生じた誤測定だろう。

いまや、マンダレーの住民の注意は、未知の侵入者からの危機に向けられていた。都市周辺の宇宙要塞や戦闘機ステーションもふくめたフェニックス全体が、カンタロの襲撃に備えて警戒態勢にあったにもかかわらず、一月二十四日の夜に百名を超える住民がぞくぞくと集まり、未知の存在があらわれたジャングルのあたりをグライダーでくまなく探した。

大陸ボニンの南東地区にある広大な森林地帯に、明るい星空が垂れこめる。大気はエンジンの響きで満たされている。ペリー・ローダンは入ってくる報告をロワ・ダントンとともに宇宙港の司令センターから処理した。ほとんどの報告は意味がなく、地形の問題で、あやしいと思って近づくと浸食や断層の自然産物だとわかるものだった。日はとうに沈み、球状星団M－30の密集した星が、ボニンの森林上でおだやかに輝いている。

そのとき、司令センターの受信係が夜の探索者の興奮した声をつないだ。

「森林に損壊個所あり。ポイント・ゼロより千八百メートルの位置。ここに先ほどまで宇宙船がとまっていたと思われます」

ローダンとダントンはすぐに向かった。センターを見て報告を聞く任務は、プラドゥに預けた。かれは自分の役割がどんどん重要になっていくのを感じているようだった。

ローダンたちふたりは十二分かかって、発見者が報告したポイントに着いた。ひと目見て、探していたものが見つかったとわかった。

ジャングルの低木林が五十メートルにわたって折れていた。未知の船は地面には接触していなかった。下のほうの草木はなんともないが、損壊個所にそって生えている木の枝葉には焦《こ》げた跡があり、未知の船が支持フィールドか反撥フィールドを張って停止していたことをしめしていた。森林の損壊個所のようすから、船は最長でも六十メートルの細長い形状だとローダンは確信した。地上車輛には大きすぎるが、超光速船としてふつう思いうかぶものよりはだいぶちいさい。

だが、既知の船を基準にして比較してもしかたないだろう。未知の存在は、銀河系の技術でははかれない技術を有している。星間を超光速で航行可能なエンジンを収容するのに、従来の造船であれば数百立方メートル必要であったところを、立方センチ単位でたりるのかもしれない。

ロワ・ダントンが、特殊ロボットのチームを呼んで調べさせる。とくに重要なのは草木の損傷だ。こまかく分析すれば、どんな船がここに三週間ほどとまっていたか、どんなエンジン技術を使っているのか、わかるかもしれない。

プラドゥの探知機にのこされたデータから、不気味な存在がフェニックスを去ったと結論づけることができたなら、ローダンにとって気が楽だっただろう。けれど、亡霊探知は近距離探知機によるものだった。遠距離探知機はなにもしめさなかった。いまある測定結果から推測できるのは、亡霊がたんに小型船の場所を変えたということだけだった。いまも自由商人の惑星にいて、ここにきたもともとの目標をまちがいなく追いつづけている。

捜索は終了となり、ほとんどのグライダーはマンダレーに戻った。ごくときおりエンジンの響きが聞こえる。それは疲れを知らない者たちのグライダーで、着陸地点のすぐそばに亡霊がまだいるかもしれないと信じて探していた。特殊ロボットは騒がしい音を立ててジャングルの枝葉のなかを進んだ。頼もしいチームだ。なんらかのシュプールがのこっていれば、見逃すことはないだろう。

ローダンとダントンは損傷個所の南東端にグライダーをとめていた。ふたつあるハッチは開けたままになっている。梢のあたりの焦げた葉を調べまわる飛翔ロボットの一団を、ローダンは考えこむような目で見つめた。

「目的がなんにしろ」ロワ・ダントンが苦々しい声でいった。「亡霊はボニンのどこかにいるはず。ほかの大陸にはだれも住んでいないのだから。探索の範囲を広げましょう。相手の対探知システムがどれほど上等であろうと、千トン単位のポリマーメタルは探しだせるはずです」

ローダンはうなずいた。

「捜索は絶対につづけたほうがいい」ローダンの声には、疲れの色がうかがわれた……あるいはそこにあるのは運命を感じる思いだろうか。「そうしなければあとで、やるべきことを怠ったと自分を責めるかもしれないという理由しかなくても」

「あまり自信のなさそうな口ぶりですね」ダントンは怪訝そうにいった。

「問題は、相手がどのくらい時間をくれるかだ。亡霊はやや困惑しているようで、われわれの世界で位置をうまく把握できずにいる。だが、船を移動したという事実が引っかかる。これは位置がわかるようになったということなのかもしれない。もし本当にそうなら、いまにも襲ってくると想定しなければならない」

「それでも必要な指示は出します。たしかにいうとおりなのでしょうが、たとえそんな理由しかなくても……」

言葉はつづかなかった。グライダーの内側から、警報装置のするどい高音が響いた。高音がやむと、コンピュータ音声が聞こえてきた。

「サンダンス！　サンダンス！　サンダンス！」それは、カンタロが襲撃してきたときのコードだった。「遠距離探知機が、五十隻の宇宙船を発見。三十光年離れた位置にて、一時的な方位確認のためにハイパー空間からあらわれました。航路ベクトルは、セレス星系方向。カンタロの戦闘艦である確率は、八十九パーセントです」

父と息子はうなずきあった。

「はじまったな」ローダンは苦々しい声でいった。

7

一一四六年一月二十五日

〇時十二分、フェニックス周辺の宇宙空間がまたたきだした。肉眼だけで見る者ならば、ほぼなにも気づかなかっただろう。第一に、夜空の星があまりに明るく、第二に、遠距離重砲を備えた宇宙要塞は自由商人の惑星から何光分も離れていたからだ。

しかし、《オーディン》の探知スクリーンには、トランスフォーム爆弾のらせん状の軌道が見えた。数秒前にハイパー空間から四次元連続体に出てきたカンタロ艦五十隻のリフレックスも見えていた。横に広がった攻撃布陣からは、敵が手強い抵抗を想定していることがうかがえる。それでも、何百もの大砲から集中して浴びせられた火力にはきっと驚いただろう。自由商人がこれほどの武装をしているとは予測していなかったはずだ。

ペリー・ローダンとロワ・ダントンは、ボニンの宇宙港に用意しておいたスペース＝

ジェットに乗って、最速で《オーディン》に到着していた。《オーディン》と《カルミナ》と《シマロン》は、恒星セレスの対探知範囲内に待機している。ゾンデを送りだし、セレス星系のフェニックスなどの惑星や衛星にある司令センターと問題なく通信できるようにしてある。

最初の着弾がいくつか記録された。トランスフォーム爆弾には、カンタロのフィールド・バリアも太刀打《たちう》ちできない。開戦して最初の四分で、六隻のカンタロ艦が熱核爆発の炎にのまれた。だが、敵艦隊は当初のコースを維持した。フェニックスを殲滅せよとの命令を受け、その命令にしたがおうとしているのだろう。カンタロは回避行動をとりはじめた。しかし、ロナルド・テケナーの指示であらたにプログラミングされた火器管制コンピュータは、敵艦のどんな動きも事前に読んでいるようで、最大の効果が得られるところに砲火を向けた。

結果予測のとおりにことが進んだ。カンタロ艦隊の三十パーセントが、最外側惑星ウルティマの軌道を越える前に、破壊されるか戦力を失った。それでもカンタロは計画を投げだすようすは見せなかった。戦闘艦は宇宙空間を縦横に飛びながら、慎重に砲火をよけつづける。同時に、おそらく重力中和可能なぎりぎりの程度に加速値をおさえていた。カンタロ自体のことをどう思おうとも、その闘志は尊敬に値《あた》いする。愚鈍に破滅へ向かって飛んでいるわけではない。こちらの防衛戦略を出しぬけるような計画があり、その計画にねばりづよくしたがっているのだ。

《オーディン》の大きな司令コンソールの周囲に、スクリーンが光っている。宇宙戦の各段階がうつしだされている。ロワ・ダントンはすべてに目を配っていた。防衛戦略は事前に打ちあわせてあったが、戦闘のこまかいところは言葉による指示で動きだす。

「宇宙戦闘機の準備は?」ダントンの声がハイパー通信をとおして響く。

各所からの返答は数秒以内に届いた。コンソールに返答用に割りあててあるセクターで、コントロール・ライトがグリーンに切りかわっていく。

「戦闘機……スタート!」ダントンの指示が発せられた。

探知スクリーンがポルタとウルティマ、衛星ステュクスのリフレックスを表示する。ダントンがフォーメーションを告げはじめたところで、星の球状の集まりあたりから閃光が噴きだし、瞬時に隊列を組んで大きな扇状になると、さまざまな方向から相手に襲いかかった。カンタロはすぐさまあらたな危機を認識し、戦闘機に攻撃する。しかし、重武装した小型機のほうが機動力は高い。カンタロの攻撃はほとんどあたらない。反対に戦闘機は最速で間合いに入り、ドロイドの艦に集中攻撃をしかけ、先ほどまで防衛にまわっていた状況をひっくり返した。

とりわけロボット戦闘機は成果を見せた。みずからの安全などかえりみずに敵艦のすぐそばまでつっこみ、相手の防御バリアが耐えられないほどの正確性で一斉砲撃をおこなった。ロボット戦闘機がもちこたえられないことは問題にされない。一機一機とカンタロの反撃に散っていく。しかし、最後のロボット戦闘機が炎につつまれたとき、五十隻あった敵艦は十五隻しかのこっていなかった。こんども結果予測のとおりだった。敵は三分の二を超える戦力を失っていた。

それでも敵は計画を変えなかった。のこった十五隻がフェニックス方向へ飛びつづける。防衛戦略の最後の決定的段階をはじめる瞬間がきたのだ。ローダンはハイパーカムでロナルド・テケナーと連絡をとった。テケナーはボニン宇宙港の司令センターで指揮をとっている。

「こちらはまだ静かです」あばたの男はいった。「カンタロが有効な攻撃をできるほど近づくまで、もうすこしありそうです」

「そんなには進ませない」ローダンはきびしい口調で答えた。「われわれ、スタートの用意はできている」

ゾンデを介したハイパーカムは、映像をほかの船にも伝えている。《オーディン》のすぐそばにいる《シマロン》と《カルミナ》、それから惑星ポルタの《モノセロス》と《ヘラクレス》、そして惑星ウルティマの《リンクス》と《ケフェウス》と《シグヌス》。合図は決めてあった。ローダンは右腕をあげ、つかのま垂直にたもつと、すばやくおろした。

スタートの合図は出された。

《オーディン》の外殻が静かに震え、強大な船が最高加速値で動きだす。フェニックス上空での戦いという決定的局面がはじまった。

＊

ジェニファー・ティロンは、マンダレーの明るい星空をおおう静けさをきわめて不自然に感じた。通信機器をとおして戦闘の第二段階までを追い、フェニックスから遠くないところで……半光時から数光時ほどのところで……生死をかける状況を見ていた。

探知スクリーンで、カンタロ艦とロボット戦闘機が爆発する星のような光点を見ていたジェニファーは、にわかに心が冷えこんできた。それ以上は見ていたくなくなり、どうしてこんなことが起こらなければならないのか、絶望的な気持ちで自問した。

通信機器をオフにし、居室へ戻る。彼女はひとりだった。ロナルド・テケナーは宇宙港の司令センターで指揮をとっている。これまでのところ、テケナーの任務は容易なものだった。防衛側は遠くの宇宙空間で敵を無力化しようとしていた。カンタロが二光分以下までフェニックスに迫ってはじめて、惑星防衛の担当者の出番になる。心配する必要はないように見えた。ジェニファーが受信機をオフにしたときは、ちょうど防衛戦の第三段階がはじまったところだった。自由商人船の六隻、銀河系船団の六隻、さらには最新技術を搭載した《オーディン》と《シマロン》と《カルミナ》。これでうまくいかないはずがない。敵は殲滅されるだろう。

自動供給装置にワインを一杯用意させた。合成ではない本物のワインで、ボニンの海岸山脈の南西斜面に育つブドウでできている。金色に輝く液体を口にふくむと、あまりにすっぱく感じられて、いまいましげにグラスを置いた。立ちあがり、おちつかないようすで部屋を歩きまわる。窓辺でとまり、明るい星空へ視線を向ける。ジェニファーはいまの自分がいやだった。外では生死をかけた戦いがくりひろげられているのに、自分はここでそわそわして、通常の状況で出されたらふつうの味に感じるだろうワインにだいらだっている。

ロナルドと話そうか考えたが、やはりやめた。ロナルドはいそがしい。妻と話をしている時間はない。カンタロにフェニックスを瓦礫《がれき》と灰に変えさせないよう、責任をはたしている。かれの努力に自分が役だてることはないだろうか?

ふと、イルミナ・コチストワの姿を半時間以上見ていないことに気づいた。ミュータントはこの家の客室に泊まっている。そこの居間にも通信機器がついている。たぶん戦闘を見守っているのだろう。このところ口数がすくなく、みんなといるよりもひとりでいたいという態度を見せていた。

イルミナがどんな運命にさらされているか考えれば、当然のことだ。細胞活性装置の喪失からそうはやく立ちなおれる者はいない。それでもジェニファーは、イルミナのようすを見にいったほうがいいと感じた。もしかしたらそれは、現実はひどい騒動が起っている夜の寂しさのせいで、だれかといっしょにいたかったからかもしれない。

イルミナの部屋へ向かう途中、前方に見える玄関から物音が聞こえた。ジェニファーは足をとめた。恐れる理由はない。マンダレーの住民はおだやかな気質の者ばかりだし、もしむりやり侵入しようとする者があれば、アラームが反応することになっている。

ようすをうかがう。だれかが入ってこようとしていることが、音からはっきりわかった。ドアの蝶番《ちょうつがい》がぎしぎしと鳴っている。

「だれなの?」

声をかけると、数秒、静かになった。そしてまた音がはじまった。ジェニファーはいまできる選択肢を考えた。ロナルドに知らせる。けれど、ロナルドはいまフェニックス上空の戦闘に対応している。武器をとってくる。これだ! 自分の身は守れる。イルミナにも知らせよう。メタバイオ変換能力のある彼女は、とても貴重で力になる味方だ。

ジェニファーはかけだした。

その瞬間だった。玄関が張り裂けて壊れた。

ジェニファーはふりかえってとまり、驚きでかたまった。

＊

「一隻しとめた、のこりは前方の二隻だ！」ロワ・ダントンが熱く叫んだ。《オーディン》の大砲が全門から発射する。自由商人船団と銀河系船団が、すでに押されている敵に突進していく。《オーディン》のトランスフォーム砲は、カンタロ艦の一隻を最初の接近で吹きとばしていた。相手の船載コンピュータは、戦闘機の攻撃と宇宙要塞のはげしい防衛砲撃にばかり集中して、恒星の対探知範囲内から飛びだしてきた船に即時に気づけなかった。その上空に《オーディン》と《シマロン》と《カルミナ》があらわれるのとほぼ同時に、フェニックス、ステュクス、ポルタ、ウルティマから、さらに十二隻が飛来し、数の減った敵艦隊に砲撃を浴びせた。

カンタロの技術のほうが依然としてまさっているものの、銀河系側は数カ月のあいだに大幅な進歩をとげていた。通常の状況であれば、カンタロ艦は同程度の数の敵船をなんなくかわしただろう。だが、ローダンの戦略の狙いは、次から次へと撃ちこんで相手を混乱させることだった。

そして戦略は成功した！　カンタロはまずどれを防げばいいのかわからなくなっていた。相手の船載コンピュータは最新状況に合わせて反撃を指揮するために、命のかかった貴重な時間を浪費した。のこったカンタロ艦を戦闘機がつづけざまに攻撃する。射界が開けると、宇宙要塞の重砲が砲火をしかける。そして大砲がやむと、こうした戦いに最適な《オーディン》をはじめとする重量級の戦闘船が襲いかかる。

カンタロの抵抗心は計画的にけずられた。カンタロはドロイド、ほぼロボットだ。適切に条件を設定すれば、戦い抜く意識を入れこむことができる。それでも最後を決めるのは、ほぼロボットの者たちにもわずかにのこる自由意志による行動だ。かれらは破滅が迫るのを見てとり、それが避けられないことを認識した。そして、思考生命体にのこされた唯一の打開策をとった。逃げ去ったのだ。

《オーディン》司令室の探知スクリーンはそのようすをはっきりうつした。最後にのこったカンタロ艦はちいさくかたまって隊列を組むと、最高速度でセレス星系から離れた。

「砲撃、停止！」ローダンが告げた。

「しとめたぞ」ロワ・ダントンがつづいた。

しばらくは、乗員であふれた旗艦司令室を、疲労による沈黙が支配した。それから首席操縦士のノーマン・グラスがふりかえりながら、周囲に聞こえるようなため息をついた。

「水をさすつもりはないのですが、完全に壊れていないカンタロ艦に、まだ生きている者がいる可能性があります。もしできればなるべく……」

「よけいなおしゃべりはよせ、ノーマン」ローダンは司令室のみんなに聞こえるような声を出したが、その顔は親しげな笑みを見せていた。「指示を出してくれ！　息のあるカンタロを探そう」

＊

まるでだれかが爆弾を投げつけたかのようにドアが爆発した。信じられない驚きにつつまれながら、ジェニファー・ティロンは破片が宙を舞うのを見た。もう武器をとりにいく時間はない。彼女の手もとにはなにもない。

空のドア枠を入ってくる存在を茫然と見つめた。上位次元のロウソクの炎に似ている。炎のなかに、ヒューマノイドではないからだの輪郭がぼんやりと見てとれた。

記憶の断片が意識に浮かびあがる。あれが、プラドゥ・メン・カアンが幻影のなかに見たものだろうか？　ジェニファーはからだの向きを変えて逃げだそうとした。しかし、静かにまたたきながらするすると近づいてくる炎を前に、どこへ逃げればいいというのだろう？　叫ぼうとしたが、声帯が動かない。ただ立ったまま、どうすることもできずに、不気味な侵入者を見つめた。

炎があとすこしというところでとまった。燃える存在から発される温度で熱いにちがいない。ところが、寒くなった。イルミナ・コチストワがきのうの朝に口にした言葉がふたたび聞こえた気がした。

「光る霧のように見えたけれど、その周辺は寒かった、ひどく寒かった……」ジェニファーは強い気持ちをとりもどした。怒りを感じてきた。

「だれなのよ?」光る存在にどなりつける。「なにが望みなの?」

炎は答えない。ジェニファーは炎のなかのシルエットを見きわめようとしたが、うまくいかなかった。光のおおいに靄のようなものがゆらぎ、なかを見るのを妨げている。

ジェニファーは勇気をふるいおこした。

「さっさと消えて! ここから出ていきなさい!」

身をひるがえし、走りだそうとした。突然、空気がうつろにざわめいた。その音を耳にしただけで、筋肉からすべての力が吸いとられたような気がした。もう動けない。ジェニファーは倒れこんだ。揺れ動く炎が近づいてくる。腕をあげて身を守ろうとしたが、もうそれすらできない。はげしい一撃が頭を襲った。なかば意識を失いながら、首筋でなにかが引っぱられるのを感じた。

その瞬間、あまりの恐怖に叫び声をあげた。

イルミナ・コチストワは、ジェニファーの考えたように戦況を追ってはいなかった。細胞の維持にとりくんでいた。不安に満ちたジェニファーの叫びを聞いてはじめてはっと身をすくませた。居間へ向かってかけだす。最初に気づいたのは、異様な寒さだった。

それから、床中に散らばるドアの残骸が目に入った。

ジェニファーが意識を失っていた。恐怖と驚愕の混じったなんともいえない表情がその顔に刻まれている。イルミナは気絶したジェニファーの状態を調べた。服装が乱れている。ブラウスに似た衣服の首もとをゆるめると、血のにじむみみずばれが見えた。

そのときイルミナはなにが起こったか悟った。

ジェニファーの衣服をからだから引きはがす。疑念はすぐに裏づけられた。

チェーンをつけて首にかけていたジェニファー・ティロンの細胞活性装置が、消えていた。

8

生きのこった者は多くなかった。戦闘が終わって二時間のうちに、《オーディン》、《シマロン》、《カルミナ》に、計十七名のカンタロが集められた。現在では、カンタロをどう扱えばいいかわかっていた。調整セレクターを摘出する。その後、ハイパーエネルギー性の拘束フィールドに捕虜を閉じこめる。ダアルショルのときの記憶がまだ鮮明にのこっていた。ダアルショルはシントロニクス体の三つの要素を連結し、調整セレクターの欠乏を埋めあわせてみせたのだった。そんなトリックには二度と引っかからないだろう。拘束フィールドは広めに作られ、捕虜にはある程度の行動の自由があった。負傷者には医療ロボットの治療を受けさせた。ロボットはフィールド・カバーに一瞬だけ開く構造亀裂をとおって患者のもとにかよった。

テラ標準時間で四時になるころ、《オーディン》に優先度一のハイパー通信が立てつづけにふたつ届いた。ひとつめはプラドゥ・メン・カアンからで、次のような内容だった。

「あらたに亡霊を探知。今回はまちがいなく、フェニックスから完全退去しました」

通信内容は船載コンピュータに記録された。それを読んで、ローダンは不安を感じた。亡霊がいなくなった。どのタイミングで？　目的をとげる前か、後か？

まだ思案しているところに、ハイパー通信がもうひとつ届いた。こんどは記録する必要がなかった。イルミナ・コチストワの声が大きくはっきりと受信機から聞こえてきた。言葉に混じるパニックは聞き逃しようがなかった。

「影が襲ってきました。ジェニファーの細胞活性装置がなくなっています！」

ローダンはすぐに反応した。いまもセレス星系の惑星軌道のあいだにいる船すべてに、ローダンの言葉が伝送された。

「《オーディン》はここを離れ、フェニックスに戻る。あと処理作業は計画どおり進めてくれ。遅くとも十二時間後には再会しよう」

半時間後、《オーディン》はフェニックスの宇宙港地下格納庫に入った。ローダンとロワ・ダントンは転送機でマンダレーへ向かう。転送ステーションから、ジェニファー・ティロンとロナルド・テケナーが暮らす家までの短い区間をかけぬける。

テケナーは大きな居間でふたりを待っていた。顔がこわばって見える。

「わたしの活性装置を使うのを拒否するんです」重い声でテケナーはいった。「イルミナがそばにいます。細胞の衰えをとめられるかもしれないと」

「自分のからだで成功しているからな」ローダンは答えた。「ジェニファーにもうまくいくだろう」

「ええ」テケナーはただそういった。

ローダンはあばたの男に近づくと、その肩に手をあてた。

「つらいだろう」といって頭をふり、すこしのちに言葉をつづけた。「うまい慰めなどわたしがいえたことはない。だから、大事なことに集中しよう。この先の助けになりそうなことをジェニファーは見たか？」

「炎を見たそうです」テケナーはうつろに答えた。「上位次元のロウソクの炎と、そのなかに異様な存在の輪郭。頭を殴られて、首筋でなにかが引っぱられるのを感じたと。それ以上はわかりません。イルミナが見つけたときには、活性装置はなかったそうです」

ローダンはしばらく答えなかった。視線は床に向いている。三十秒ほど待ったところで、テケナーの不安が噴きだした。

「彼女は生きられますよね、ペリー、そうでしょう？」息せききって尋ねる。「彼女は死なない。怪物がきて、活性装置を奪ったからって。あれはなんなんです、ペリー？だれがこんなことを？」

「何者かはわからない。目的もわからない。ジェニファーに関していえば、彼女をもっとも助けられるのは、イルミナだ。イルミナは自身の活性装置の喪失を切りぬけたことを証明している。ジェニファーのことも助けてくれるだろう」

ローダンは友の目をほとんど見られなかった。どう慰めの声をかければいいというのか？　たしかにメタバイオ変換能力者は六十二時間のリミットを生きて切りぬけたが、それ以来、おそろしいほど老化しているのはだれの目にも明らかなのだ。

テケナーから反応が返ってくるまえに、ローダンはつづけた。

「ヘレイオスに行けば、ここよりも優れた医療技術設備が使える。イルミナとメタバイオ変換能力のことは完全に信頼している。それでもわたしの考えでは、ジェニファーを早急にヴィッダーの惑星へ連れていったほうがいい。もともとは《ハーモニー》を《オーディン》に収容する予定だった。だが、サラアム・シインが自分の船ですぐにスタートしても悪くないだろう。パルス・コンヴァーターはとりつけずみだ。ベオドゥとグッキーは友から離れたがらないだろうな。イルミナとジェニファーはオファラーと飛んでいける」

テケナーの顔つきから、かたさが消えた。ライトブルーの瞳が無力に光っている。

「やるべきことはすべてしてします、ペリー」テケナーの声は震えていた。ローダンは驚き、相手が限界に近いことを悟った。愛する女性の運命はスマイラーの心の奥底までゆさぶっていた。「彼女と話してきます。必要な用意はしておいてくれますね？」

ローダンは黙ってうなずいた。ジェニファーと会うか訊かれなくてほっとしていた。彼女になにがいえる？　どんな慰めがあたえられる？

ローダンは背を向けて家を出た。ダントンがグライダーを調達しておいてくれた。ローダンは《オーディン》に連絡し、サラアム・シインにつないでもらった。オファルの歌い手はローダンの提案を受けいれた。かれ独自のやり方で……哀調のハーモニーをともなった言葉で……ジェニファーを襲ったつらい運命について遺憾の意をあらわした。協力できることはなんでもするという。小柄な非ヒューマノイドの熱意と誠意を目にするのは胸を打つものがある。

《オーディン》では、名歌手が自分の船に乗る準備がおこなわれた。《ハーモニー》はいつでもスタートできる。ローダンの予測は半分あたっていた。ベオドゥは友のオファラーと離れたがらなかった。グッキーのほうは《オーディン》にのこった。ローダンに異論はない。フェニックスでの仕事はすんでいる。何日か後には、自由商人の惑星から退去するのだ。

宇宙港に向かう途中、先にフェニックスに戻った《オーディン》に代わって司令船をつとめる《シマロン》から連絡が入った。レジナルド・ブルが安堵の伝わる声で告げた。

「あと処理は完了です。生きのこったカンタロはほかには見つかりませんでした。全船、フェニックスへ戻ります」

＊

大移動は淡々とした雰囲気のなかで実行された。フェニックスは楽園のような惑星ではあるが、自由商人は永遠の故郷とは見なしていなかったらしい。抵抗組織をセレス星系に置こうというのはロナルド・テケナーの発案で、ジェフリー・アベル・ワリンジャーもそれに同意した。定住した数百年のあいだに、自由商人は著しい成果をあげ、数千年先にもかれらの居住の証《あかし》しとなるような施設を作りあげた。しかし、いま、さらに場所を移るときがきている。ヘレイオスが待っている。そこでも、自由商人の男女や非テラナーは、故郷を感じることなく暮らし、働き……必要ならば……戦っていくのだろう。かれらが恋しく思う本当の故郷は、テラ、アルコン、アコン星系、エルトルス、エプサル……おのおの祖先がやってきた星だ。銀河系の圧制者を追いはらい、かつて祖先が暮らした地に定住することを求めている。生きているあいだに目標を達成できるか、あるいは圧制者との戦いを子孫に継承していかなければならないのかは、わからない。こうして見れば、典型的な自由商人がかなりのニヒリズムを身につけているのも不思議はない。いわば心が傷つくのを防ぐ保護膜なのだ。

のこった自由商人と銀河系船団の船は、二、三隻でひとつのグループになってヘレイオスへ向かった。航路と座標は共有している。全船にパルス・コンヴァーターが設置してある。カンタロが退去に気づき、セレス星系での敗北の恨みをはらそうと待ちぶせしている場合に備え、グループごとに航路は変えておいた。

本当は《ハーモニー》が最初にスタートするはずだった。ところが、もともとの計画に予想外の変更が生じた。ペリー・ローダンが《オーディン》の司令室にいるとき、ロナルド・テケナーから連絡を受けたのだ。スマイラーは前日の不安を克服していた。いつも見られるおちつきはらったようすだった。

「ジェニファーが考えを変えました。イルミナに看てもらうと気分がいいそうで、《ハーモニー》で行くのはやめたいと」

「ジェニファーの要望はすべてかなえられる」ローダンは答えた。「どの船がいいと？」

「《オーディン》です」

ローダンは驚いて顔をあげた。

「われわれ、最後までここにのこる。スタートは二月五日で決定ずみだ。この点は考慮したのか？」

「彼女はわかっています。イルミナがそばにいてくれれば平気です。イルミナもそれでいいといっています」

ローダンはうなずいた。

「わたしの船にいつでもきてくれ」

こうして《ハーモニー》は、移民船の第三グループとともにヘレイオスへ向かうことになった。ベオドゥは友のサラアム・シインにつきあった。数日後にはみんなヘレイオスで再会する。

だんだんと楽園惑星フェニックスはさびしくなってきた。一一四六年二月二日、最後のグループがスタートした。自由商人船二隻と《リンクス》だ。マンダレーの家屋は空にされた。これまでの年月のなかで慣れしたしんだものや、手ばなせなくなったものを、自由商人はすべてもっていった。

のこされたのは、《オーディン》とその乗員だけだった。フェニックスなど、セレス星系の惑星や衛星にある探知機施設は依然として稼働中で、ボニン宇宙港のシントロニクス・ネットにデータを送っている。いつカンタロが戻ってくるかだれにもわからない。ただ、いつかまたあらわれることは明白だった。《オーディン》のオートパイロットは、疑わしいリフレックスを探知機が記録しだい、すぐさまスタート態勢に入れるようにプログラミングされている。

最後の数日、《オーディン》の乗員はあと処理作業にとりくんだ。使える技術機器でまだ都市マンダレーと宇宙港にあるものは、船内に運びこむ……まずは、都市と宇宙港をつないでいた転送機からだ。

《オーディン》に収容したカンタロ生存者の健康状態は良好だった。負傷しているあいだは、医療ロボットの治療を受けていた。生きるのに必要なものも、快適な環境もあたえている。いまはカンタロは放置の状態だった。ヘレイオスに着いてはじめて、カンタロに手間をかけられるようになるだろう。アノリー三名と対面したら、カンタロ捕虜に見られる強情さがやわらぐのではと、ローダンは期待していた。

スタートまでのあいだに、ローダンはジェニファー・ティロンに会った。イルミナ・コチストワの力のおかげで、細胞活性装置の喪失から六十二時間という決定的リミットは乗りこえていた。見た目からは、貴重な機器をなくしたとはわからない。生き生きとして期待に満ちたようすだった。反対にイルミナを見ると、末期の細胞衰弱からジェニファーを守るために、すべてのパラノーマル能力を使っているとわかった。イルミナはここ二日のあいだに明らかに老化していた。

＊

吉凶の兆《きざ》しを見せながら、ついに二月五日という日がはじまった。

一一四六年二月五日

海洋の青、陸地の緑がかった褐色、それらをまだらにおおう雲の白を見せた美しい惑星は、最高値で加速する船の後方であっという間に遠ざかり、わずかのちには、球状星団M‐30の星の海となんとか見わけられる程度の明るい光点になっていた。

《オーディン》は故郷銀河へ向かっていた。パルス・コンヴァーターはいつでも使える。何世代にもわたって宙航士が倒れてきたクロノパルス壁は、ペリー・ローダンの旗艦には障壁とならないだろう。

航行はいつもどおりだった。カンタロがまた波状攻撃をしかけてくるシュプールはない。オートパイロットは加速値をコントロールし、メタグラヴ・ヴォーテックスによる遷移に必要な境界値を超えると、用意ができたことをインターカムで知らせた。

その直後、司令室で警報が鳴った。ハイパーカムが反応している。銀河系船団の緊急信号および救難信号の特徴的なパルスシーケンスを耳にして、ローダンは立ちあがった。同時に、司令室に浮かぶサーボを介して探知システムから知らせが入った。

「セクター三に未知の飛行物体。距離は、一・二・二・九。接近中」

探知スクリーンに、明るく光るリフレックスが見える。

「話がしたい」とローダン。

マイクロフォンの光るエネルギー・リングがローダンに向けられる。

「こちらは《オーディン》。そちらの緊急信号および救難信号を受けとった。どのような助けが必要なのか？」

スクリーンがついた。見知った顔があらわれる。イリアム・タムスン。彼女は《リブラ》の指揮官かつ船長で、カラポン人との騒動があって以来、《バジス》の監視を担当している。

「助けが必要なのはわたしたちではありません」答えたイリアムの目は輝いている。「会えてうれしいです、ペリー。でも、いまもってきたニュースは、いいニュースではありません」

ローダンはうなずいてみせた。

「聞かせてくれ。もうすっかり、悪いニュースを受けとるスペシャリストになっているよ」

話しながら手で合図して、ハイパー空間への遷移をとめさせる。ノーマン・グラスが中止の指示を出す。《オーディン》は減速飛行に入った。

「《バジス》が消えました」

「なんだって？」ローダンは唖然として言葉を返した。

「《バジス》が消えたんです」《リブラ》の女船長はくりかえした。「正確にいえば、盗まれました。この件には責任を感じています。だから、最速コースでフェニックスに向かったのです。できればここで……」

彼女が黙ると、ローダンはなにもいうなとばかりに手をひとふりした。

「この件はおちついて話をする必要があるな、イリアム。接舷してくれ。そうすれば、どうやって《バジス》がなくなったのか話ができる」

エピローグ

イルミナ・コチストワは眠っている。力を使って疲れきっている。眠る彼女を起こさないように気をつけつつ、ジェニファー・ティロンはベッドからおりた。足音をしのばせて衛生キャビンに入り、あたたかな湯の気持ちよさを味わった。《オーディン》は星間宇宙のまんなかにいる。どこからか緊急信号が届いていた。くわしいことはジェニファーにはわからなかった。

温風でからだを乾かす。そのとき、キャビンの一壁面の大きな鏡に目がとまった。ジェニファーは自分をじっと見つめた。六週間ほど前のある日を思いだす……そうだ、一四五年のクリスマスだ！……あの日も鏡の前に立ち、自分の鏡像を観察したのだった。あのときは見えた姿を気に入っていた。いまでも自分の見た目にはまだ満足している。けれど、口角をかこむようにしわが刻まれていることに気づいた。

老化がはじまっているということか……あるいはたんに、ここ数日さらされている精神的緊張のせいなのか？

イルミナ・コチストワはもてる力をすべて使って、ジェニファーを看てくれた。ひどくおそれていた六十二時間は、なにごともなくすぎていた。それ以来、ふたたび希望をもっている。たしかに、イルミナ本人が老婆になってしまったことはわかっている。けれどそれでジェニファーの楽観は変わらなかった。イルミナならきっと助けてくれるだろう。

ジェニファーは、隣室で休むロナルド・テケナーのことを思った。日中、かれがそばを離れることはなかった。かれを愛していた。細胞活性装置をなくしたせいで、もうすぐ引き離されるかもしれないと考えるだけでたまらなかった。

そのことを考えてはいけない！

彼女はもう一度、鏡を見てから、服を着るために視線をはずした。

どんなに先の見通しが暗かろうと、人生は……のこりがあとどのくらいでも……すばらしい！

あとがきにかえて

長谷川早苗

〈宇宙英雄ローダン〉シリーズ七三二巻、いかがでしたでしょうか？

本書収録の一話め「あるカンタロの誕生」（エルンスト・ヴルチェク著、一四六三話）は、なんと銀河系を支配するカンタロ視点の話です。

クローンで半有機体半ロボットのかれらが、どのように作られ、どのように教育されているのかが語られます。カンタロからのメッセージを受けとってコンタクトをとろうと潜入中のローダン・パート、それより前の時点からはじまってメッセージを送るまでの流れを追うカンタロ・パート。双方の時制が合ったところから話が大きく動きだします。

二話め「フェニックスの亡霊」（クルト・マール著、一四六四話）は、三つの要素にわかれるでしょうか。

アンブッシュ・サトーの理論と、細胞活性装置をねらう亡霊のホラー、自由商人の惑星に襲いかかるカンタロとの大戦闘。ローダンが腕を振りおろしますね。みなさんもいっしょに振りおろしたでしょうか？わたしはやりました。ああいう動きの描写のときには、訳文のとおりにやって本当にその動きになるか、試してみることがよくあります。

さて、今回は訳しているときから、ああ、これは「あとがきにかえて」で書けるなと思っていたことがあったのでした。とはいえ、本筋とはまったく関係ないことです。ものすごい余談です。

一話め「あるカンタロの誕生」では、ブルー族のティリィ・チュンズがずっと惑星サンプソンの詩を作っています。二回めに詩を詠むシーンで、ティリィ・チュンズはこんなふうにいっています。

「もしあなたを、おおサンプソン、見ると、その豊かに満ちた口……ふむふむふむ……ああ……」

気になりませんか、この突然の〝口〟。

ティリィ・チュンズは、このシーンの前に、惑星サンプソンには衛星／月はないとグッキーから指摘されています（それでも、どうしてもサンプソンの詩に月を詠みこみたいらしいのですが）。

そこで、月《つき》（ドイツ語でMond）を口《くち》（Mund）にいいかえてみたようなのです。となると、日本語訳のほうでも韻を踏みたいところですが、これ、運がいいことに、訳者がなにもしなくても日本語の母音がそろっていました。こういうラッキーはときどきあるものです。

以上、まったくの余談でした。

ところで、ティリィ・チュンズとグッキーといえば、今回、かれらに関して〝エイリアン〟という言葉が出てきます。

ブルー族とネズミ＝ビーバーがローダンたちと見た目がちがうことから使われている表現で、原文でもAlienです。この言葉が〈ローダン〉シリーズの世界観のなかでどうなのか、なにか別の表現に変えたほうがいいのか、すこし悩みました。そもそもエイリアンって異星人とかそういう意味だし、エイリアンっていうとあの映画の印象が強いし……と、調べてみると、『エイリアン』は一九七九年公開で、本作の原書は一九八九年刊なのですね。最終的には、あえて使っているのだろうと解釈して、エイリアンのままにしました。

またもや余談ですが、むかし、『アメリ』の好きな友人に「その監督、『エイリアン4』も撮ってるよね」といって、「そんなはずない！」と怒られたことがあります。私に怒られても……

現在のカンタロ・サイクルも半ばをすぎて、〝ロードの支配者〟や〝モノス〟などのキーワードが登場してきました。ローダンたちが戦うべき相手の謎もすこしずつ解明し……といいたいところですが、謎は増す一方です。亡霊のような影のような存在が何者で、なぜ細胞活性装置を奪ってまわっているかもわかりません。

というわけで、今後の展開を楽しみにしつつ、それでは。

鋼鉄紅女

Iron Widow

シーラン・ジェイ・ジャオ

中原尚哉訳

〔英国SF協会賞受賞〕華夏の辺境の娘、則天《ゾーティエン》は、異星の機械生物と戦う人類解放軍に入隊し、巨大戦闘機械・霊蛹機に搭乗することになる。霊蛹機は男女一組で乗り、〈気〉で操る。則天はある密計のため、あえて過酷な戦いに身を投じるが⁉　中国古代史から創造された世界を巨大メカが駆ける、傑作アクションSF

ハヤカワ文庫

最終人類（上・下）

THE LAST HUMAN

ザック・ジョーダン
中原尚哉訳

数多の種属がひしめく広大なネットワーク宇宙。その片隅でウィドウ類の母親と暮らすサーヤは、もっとも憎まれる「人類」の生き残りだった！　秘密を暴かれ逃げだした彼女は、ネットワークを操る高階層知性体の策略にまきこまれ——さまざまな知性と銀河宇宙の広大さを強烈なスケール感で描きだす新時代冒険ＳＦ

ハヤカワ文庫

訳者略歴　独日翻訳者　訳書『惑星キオンのビオント』ダールトン&フェルトホフ（早川書房刊），『資本主義の精神分析』セドラチェク&タンツァー（共訳），『なぜ心は病むのか』アドラー，他多数

HM=Hayakawa Mystery
SF=Science Fiction
JA=Japanese Author
NV=Novel
NF=Nonfiction
FT=Fantasy

宇宙英雄ローダン・シリーズ〈732〉

フェニックスの亡霊《ぼうれい》

〈SF2473〉

二〇二五年三月　十　日　印刷
二〇二五年三月十五日　発行

（定価はカバーに表示してあります）

著　者　エルンスト・ヴルチェク
　　　　クルト・マール

訳　者　長《は》谷《せ》川《がわ》早《さ》苗《なえ》

発行者　早　川　　浩

発行所　株式会社　早　川　書　房
郵便番号　一〇一 - 〇〇四六
東京都千代田区神田多町二ノ二
電話　〇三 - 三二五二 - 三一一一
振替　〇〇一六〇 - 三 - 四七七九九
https://www.hayakawa-online.co.jp

印刷・信毎書籍印刷株式会社　製本・株式会社明光社
Printed and bound in Japan
ISBN978-4-15-012473-1 C0197